與神一起的孩子

蘇飛 著

作者序

之所以寫這部小說，源於某位「陰陽眼」友人。

這位「能見」的友人因為從小具備特殊眼睛和體質，吃了不少苦頭。

文中所敘某些片段和經歷屬實。當然所謂的真實，是友人口中傳述的真實。我無法證實其真實性，畢竟自己沒有這樣的特殊體驗。

我相信擁有這些特殊體質者必定痛苦難當，上天給予我們某些「非凡能力」，必將奪走部分身為凡人的喜悅。

寫這部小說並非鼓吹靈異體質和事件，人、神或靈都是世間的一種存在、都有一定的意義（即使是虛構的存在也有某種意義）。願每個人都不放棄自己、在困苦中能堅韌面對。願友人找到屬於自己的「特殊」快樂。

與神一起的孩子

與神一起的孩子
CONTENTS

序章　美好回憶

「阿仁！阿仁！」

呼喚聲從遠而近，聲音中透著焦慮。

「阿仁！阿仁！」

腳步聲凌亂，氣喘吁吁的呼吸聲。一個熟悉的身影漸漸清晰地呈現於他眼前。

那是他的母親。

哦，不，雖說是他母親，卻不是現在的母親。

那時候的母親身形窈窕，長髮飄飄垂落胸前。

那是小時候的他記憶中的母親。

小時候的他個子瘦小，不太說話。

有一次他心情不好，跑到神廟裡，躲在神廟後廳某神明座前供桌下方和自個兒對話，累了就躺在那兒睡去。他錯過了吃晚飯的時間，遲遲沒有回去。

模糊中，他聽見了母親的呼喚。

他從桌底下稍稍探頭，瞥見母親焦慮的神色，眼中盡是擔憂與關愛。

那是他唯一記得母親愛著他的回憶。

「媽！我在這裡！媽——媽——」他喊道。母親沒有聽見他的呼叫，她轉過身，從他面前逐漸隱去……

1・頭上盤旋灰黑氣團的少女

他感到眼角微濕，睜開了眼。

原來是一場夢。

他已經好久沒做這個夢了。

他坐起身，擦去眼角淚痕，擠擠眉打了個大大的哈欠，此時鬧鐘響起，他迅速按停鈴聲，聒噪的鈴響只來得及響一下就咔地被他強行終止。

他再次打了個哈欠，爬下床去。

誰知腳下一滑，噗通一響，他整個人狼狽地撲倒在地，右臉頰和胸口重重撞擊到涼涼的石膏地，手肘膝蓋也以奇怪的姿態磕於地板。

哎……他呼著疼弓起身，發現罪魁禍首原來是被他踢下床邊的抱枕。

唉，怎麼那麼倒楣……昨晚我是幾點睡著的？完全沒印象了……他坐起來，揉著刺痛的臉頰喃喃自語。

他總是喜歡喃喃自語，這是他從小就有的習慣。同學間早已習慣了阿仁的怪習性，曾有人喚他「怪胎」，甚至「幽靈」。阿仁並不在意。

比起同學們的侮辱和疏遠，將他視為異類，他更不喜歡與同學親近。他覺得一個人獨來獨往的日子反倒輕鬆。

因為只有這樣，大家才不會發現他的——祕密。

◆

阿仁走下樓，到廚房打開冰櫃，取出四顆漂亮乾淨的白殼雞蛋置於爐邊，開了爐火，滴了些油進鍋裡，再拿起爐邊的一顆蛋往平底鍋沿力度恰好地磕了一下，單手破開蛋殼，蛋液滑溜地滑落平底鍋內。

蛋香四溢，阿仁趁著這空檔，煮了壺熱開水，開水煮好，蛋也煎畢。他沖泡了四杯不同口味的飲料，搭配四種不同醬料的吐司。四種吐司分別是火腿牛油吐司、柚子果醬吐司、辛辣沙丁魚吐司及花生甜醬吐司。

他們一家四口口味大相徑庭，父親只愛鹹食，母親偏好清淡口味，妹妹喜歡刺激香辛，而他，則是甜食的擁戴者。舉凡西式蛋糕甜品、馬來風味娘惹糕點、中式涼糕麻糬，都是他的最愛。只要吃上甜食，周遭發生什麼不愉快的事情，他都能瞬間遺忘。

這可以說是他的優點，同時也是缺點。

優點是阿仁對許多讓他不愉快的事能很快地忘卻，缺點則是他非常容易掉入甜食的陷阱當中。

阿仁喝了口甜甜的巧克力奶，心情愉悅。這是他少有的快樂時光。他如進行神聖儀式般剖開微微晃動的荷包蛋，淋上少許醬油，仔細品嚐蛋黃液融入喉間的鮮香，完美地享用一顆荷包蛋後，再大啖烤得恰到好處、香脆有嚼勁的花生醬吐司，細啜飄著芬芳香氣的巧克力飲料。這一刻，阿仁覺得自己是幸福的。

享用了豐美甜膩的早餐，阿仁將家人的早餐蓋上飯蓋即步行去學校。

阿仁家距離他所就讀的鑫藝中學並不遠，以阿仁那般慢條斯理的慵懶腳程，二十分鐘以內即可抵達。

他通常選擇提早出門，趁著天還未亮透，迎接黎明到來的街道充滿了夜即將褪去的瑰魅氣息。

阿仁在日與夜交替間，感到非常自在。他喜歡暗沉大地被光一點一點地征服，耀眼晨光逐漸滲透進來的世界。

阿仁踩踏在筆直的大道上，整片樹林在其右側。

清晨樹林的潮濕嫩綠氣味，令他昏沉的腦袋煥然一新。

他拐進樹林間一條模糊不清的小徑，剛洗淨的白鞋沾黏了一層厚厚的泥垢。昨天夜裡大概又下雨了。他想。

他毫不猶豫地繼續往小徑深處走去，爬上青苔橫生的石頭階梯，來到一所歷經日夜洗禮的老舊廟宇。

他推開厚重木質大門，踩踏於鋪滿了不規則的木頭行道，來到廟宇大殿前，褪去泥鞋，穿著白襪的腳悄聲走入裡殿。

這座神殿於他，如第二個家般親切熟悉。小時候的他常到此徘徊駐足，耗去許多童年時日。

他也說不清為何如此喜歡這神殿，只記得第一次來神殿，是母親帶著他到這兒祈求神明保佑。

那時候的他高燒不退十餘天，西醫中醫看遍仍無法退熱，阿仁的母親唯有求助神明，到鄰居們推薦非常靈驗的廟宇，祈求神明讓阿仁康復。

阿仁當其時原本意識模糊，唯一來到神殿，有如投入母親懷抱般舒適安逸。空氣中瀰漫的淡淡幽香沉澱了他的心神，其意識也陡然清醒。

母親扶著他跪於神像前膜拜時，他忽然推開母親，立於神像前出神地凝望神像，而後他回到家，奇蹟般地退燒了。

後來，母親帶他回去神殿送上水果等祭品作為謝禮，阿仁則下契於此間神明，成為神明的「契仔」，每逢初一十五必來此廟膜拜。

可惜這神廟也沒落了。不知何時開始，人們不再篤信這座神廟的神明，大概是有其他更靈驗的廟宇成立了吧。人們總是盲目地追隨更有利於他們的事物、輕信各種道聽塗說的小道消息，在膜拜這回事上尤其如此。

如今這座神廟，少人問津，也只有阿仁才如此熱心膜拜。他從未忘記自己身為神明契仔的事，雖然母親早已忘了。

阿仁站於神像前方，雙手合十瞻仰神明，默念數句後，退出大殿。

大殿靜謐無聲，空氣中浮現一股幽幽氣息。

阿仁走出大路，繼續往學校方向前進。

天色已經微亮，世界被暈染上清新的淺水彩藍。

阿仁腳步輕柔地踏在瀝青路上，欣賞著周遭看了數百遍卻總有微弱變化的景色。

他所經之路景觀甚美。右側是嫩綠的樹林，左側則是整排獨立式洋房。這些獨立式洋房有些經過整修，呈現時尚新穎式樣，有些崇尚田園風格，屋內盡是花草樹木，也有的古舊不堪，保留了戰後傳統的古樸形態。

這時間屋內的人通常極少出來，因此這條路阿仁走了這些年，對這裡的屋子如此熟悉，卻幾乎沒碰見過居住於屋裡的人們。

阿仁閉上眼深吸幾口清新空氣，整個人充滿舒適的能量，但就在他微睜眼睛的瞬間，卻目睹了許久未見的怪異景象。

前方古樸木門走出一位少女，其頭頂上方正被一團灰黑色的氣團籠罩！灰黑氣團擴散又縮小，變幻不定。

阿仁陡然停下腳步，少女沒注意到他，逕自朝著前方快步走去。

「喂！」阿仁脫口而出地喊了一聲。少女沒有回頭。

阿仁想追過去，但才堅持兩秒他就放棄了。

「唉，應該是看走眼了。」

他呵口氣背好鬆垮的背包，繼續慢步走向校園。

小時候的他曾見過類似的灰黑氣團。那時候在他身邊，總有一些人被這些氣團圍繞，而後不久，那些人不是大病一場，就是遭逢意外離開人世。

他不止一次對母親說他看見灰黑氣團的事，奈何母親總是報以責怪且睥睨的態度，甚至為此責備他。

「不要每天用這些幻想來引起人們的注意！」「媽媽最討厭小孩子亂亂說話！」

「你又在說謊了。為什麼你就是愛說謊？一天不說謊不行嗎？」……

阿仁甩甩頭。他不想再記起這些不好的回憶。

他不記得是否真的無聊到說這樣的謊話？抑或他精神狀態有問題，看見幻象？

總之，他是母親眼中的怪異孩子。不知從何時開始，母親就不喜歡他，對他說話總是一副愛理不理的樣子，還有意無意地避開他。

阿仁長吁口氣，腦袋晃過少女的影像，回想她穿著他們中學的制服。

「那女孩是我們學校的學生？為什麼以前沒見過她？」

阿仁抬頭尋視少女身影，卻望見一堆穿著同樣制服的同學，找不著少女了。

原來阿仁已來到校門口。他撇撇嘴，不再想少女的事，施施然邁進腹地寬廣的校園。

2・「能見」的同伴

輕快的蕭邦小狗圓舞曲鈴聲響起。上課了。

這學期的鈴聲主題是波蘭作曲家蕭邦。校長在周會上宣布每個星期播放蕭邦不同時期的樂曲作為鈴聲。

鑫藝中學是所注重人文教育與藝術修養的中學。學校地點雖在偏遠小鎮，但因學校辦學方針而慕名轉到這所中學就讀的學生近年越來越多。加之小鎮依山傍海，周邊被大自然環繞，群山連環，實為現今社會買少見少，頗適合人類休養生息的好地方。

於如此自然純樸地域，蘊含的天地靈氣也吸引了許多大自然精華靈體。

阿仁很小的時候就發現了。這所城鎮到處蘊含著各類他不熟悉的生靈。

他試過和家人去海邊玩樂時，覷見海上浮現某巨大怪異生物，似龍非龍，剛顯現卻又立刻消隱。

與同學們去爬山，也曾瞥見樹上趴著個合體怪物。合體怪物頭大如熊，身子儼然蝙蝠形態，原本倒掛樹上的怪物發現阿仁的視線，驚得趴於樹梢上一動不動，好奇觀望阿仁的一舉一動。

諸如此類的怪奇經歷，阿仁都不敢說出口。經過母親漠視他的經驗，他知道沒有人會相信他所說的話。

阿仁走進教室之前，看見早上碰見的少女被隔壁班的級任老師帶進班。少女應該是剛轉到鑫藝中學就讀的轉學生吧。

最重要的，是籠罩於她頭上的灰黑氣團不見了。

「幸好。」阿仁暗自鬆了口氣。

以往的經驗告訴他，有黑氣團代表噩耗即將降臨。

如今少女的黑氣團消失了，說明少女不會遭受厄運吧？抑或他之前真的看走眼？

阿仁走到課室最角落的位子，放下書包坐下來。

這是他的特殊座位。同學中有人故意將他的桌椅與其他人拉開一段距離，緊靠課室後方的木櫃。

阿仁覺得無甚所謂。班上三十多位同學，有時候大家從外邊跑動進來，氧氣都不足呢，拉開了距離，空氣反倒清新些。

老師曾問他為何坐在角落，他的說辭令想欺負他的同學無語。

「老師，我頭上長蝨子，怕傳染給同學。」
老師們也怕蝨子，因此若不是非常時刻，比如分試卷或到木櫃取教材，極少會接近他。
阿仁不禁訕笑。這麼大的人類為何竟害怕小小的蝨子？
無論如何，阿仁成功讓老師和同學們相信了蝨子的事，令大家對他避而遠之。
他在學校從不參與課外活動，奇怪的是，老師們並沒有強迫他參加。
阿仁每天上完課就準時放學回家。這是令其他同學又羨又嫉的事，但沒有人去問老師。大家對阿仁的事總是故意漠視。
他是大家不在意、摸不透的幽靈同學，同時也是令同學們有些害怕的存在。
同學們會在背後取笑他，比如某某同學必須留校整理社團事務，其他人就會恐嚇他，說：「喂，小心阿仁幽靈來陪你……」
或者同學被食物汁液噴灑到衣服，同學們會說：「這麼髒，和怪物一起坐後面去！」
同學們不敢自己去廁所，就說：「難道你怕阿仁幽靈在廁所裡面啊？」
阿仁對這些閒言閒語耳熟能詳，根本不當一回事兒。
老師進來課室了。這一堂是生物課。教生物的劉京香老師個子雖嬌小，膽子卻很大。

之所有這麼說，乃因外觀如弱女子的她解剖起實驗生物如青蛙、蚯蚓等竟絲毫不手軟。

阿仁拿出生物課本用心聽講。

只有在老師講課時，他在學校才顯得相對輕鬆。他只需要專注在課本和老師的講解即可。

「生物都有一些條件反射的行為。下堂課，我們會用青蛙來觀察所謂的條件反射行為及非條件反射行為……」老師在講臺上專注地解說著。

條件反射？阿仁對這名詞頗感不解。

他看向課本的解釋。「條件反射是後天養成。比如通過狗兒鈴聲餵食實驗，在餵食前先搖鈴暗示有食物可吃，數次實驗後，狗兒聽到鈴聲，自然會分泌唾液。」

阿仁又看向下一段。「人類的恐懼行為也能歸類為條件反射的一種。人類受到某種刺激產生恐懼，之後只要遇到相似情境，會自然地產生恐懼心理。」

阿仁皺了皺眉：「好難懂。」

算了。經過明天的實驗課，應該就會瞭解了。

阿仁繼續聽課，腦海卻在猜測明天老師會進行什麼實驗。他希望老師不要再進行血淋淋的實驗。他害怕看見活生生被解剖的生物。

上一次實驗用活魚解剖，他看著被剖開身體後，鮮紅的鰓仍艱難煽動著的魚兒，內心充滿了恐懼。

雖然劉老師對他們大發慈悲，沒有要他們親自解剖，但單單看著老師解剖就需要很大的勇氣。

恐懼，是阿仁最不願面對的心理狀態。

小時候的他不懂得恐懼，引起許多令母親和家人不快的經歷。

他一開始看見灰黑氣團在人們周圍的時候，只是好奇地如實告訴母親。母親不願意相信他的話，認為阿仁故意撒謊來引人注目，使他大為懊惱。之後人們遭受厄運，母親更視他為瘟神，制止他再提起灰黑氣團的事。

因此，阿仁後來即使看見灰黑氣團都不再說出來。

他選擇了緘默不語。而後對灰黑氣團產生一股抗拒及恐懼。灰黑氣團會令母親討厭他，說他撒謊。灰黑氣團還會令人們生病或死亡。是可怕的事物。

他不斷對自己說：我不要再看到灰黑氣團了！我不要看到灰黑氣團！

如此暗示自己許多次之後，他果然再沒有看見灰黑氣團。不過，自此之後，他對黑色事物都會莫名的厭惡和恐懼。

阿仁看回課本上對恐懼心理產生的解釋。

「我對灰黑氣團和黑色事物的恐懼，也算是一種條件反射嗎？」

阿仁恍然大悟地用力點了下頭：「原來如此。」

不過，即使知道對灰黑氣團和黑色事物恐懼的行為是條件反射，又能怎麼樣？

阿仁呵了口氣，不再想這些令他不悅的事，專注於生物老師的講課。

放學後，阿仁走向校門口時，再次看到早上碰見的少女。

少女望向他，露出困惑的表情。

阿仁的視線和少女對上了，他趕緊別過頭，快步走出校門。

走了一段路，阿仁無意間回頭，發現少女就在他身後。

他心想，少女早上從前方屋子出來，當然是走這條路回家。

他讓自己別多心，腳步卻不由自主地快了起來。

過了少女家，阿仁忍不住往後望去，沒看見少女身影，正狐疑間，少女竟閃現於他身前，朝他揮揮手微笑！阿仁愣在那兒，想問少女為何跟著他卻問不出口。

「你看得見吧？」少女劈頭就問道。

「看……看見什麼？」他傻乎乎地回她。

「就是……那些黑黑的東西啊！」少女眨了眨犀利的目光。

阿仁大驚。她是怎麼知道他看得見灰黑氣團的呢？

事實上，他雖然偶爾看得見各種自然界的靈體，但已經很多年沒見過灰黑氣團了，今天卻不知怎麼回事兒，居然讓他再次看見這象徵不祥的灰黑氣團。他原本以為早上那一瞬間看見的，或許是他的幻想。不過在少女這麼問他之後，他確定所見的，正是以前常見的灰黑氣團。

少女見阿仁驚慌的模樣，知道自己猜中了。

「你果然看得見。」

阿仁踉蹌地後退幾步。這麼久以來，從來沒有人真的認為他看得見那些東西。如今突然被認同，他反而有點不知所措了。

「你……是怎麼知道的？」阿仁問。

少女露出一個詭異的微笑，緩緩吐出：「因為……我也看見了啊！」

什麼？她也看得見？阿仁突然有種找到同伴的感覺，稍稍放下了忐忑的心。

「不過……我不只是看見黑黑的傢伙哦。」少女又說。

不只是看見那些黑黑的傢伙？什麼意思？阿仁疑惑地看著少女。

「嗯……」少女往四周搜尋了下，說：「啊，那株香蕉樹旁有個女鬼哦。她頭髮很亂、很長，眼睛凸凸的，舌頭很長，好恐怖呢。」

少女雖然形容得很恐怖，但她看起來一點兒也不驚慌，反而像在述說一件稀鬆平常的芝麻綠豆小事。

阿仁望向少女所指的香蕉樹，什麼也看不見，心中的恐懼更升級了。

他「呀」地喊了一聲，沒命地逃跑。

他聽見少女在他身後叫喚，卻不敢停下。他心臟噗通噗通地狂跳，唯有用盡力氣地奔跑才能釋放他心中那無盡的恐懼想像。

◆

阿仁一直跑到市中心人潮聚集處才緩下腳步。

他喘著氣，到常去的馬來曼煎糕檔口，買了五件曼煎糕。

他走在店鋪外走廊，啖著甜甜的曼煎糕，心情終於平復下來。

他回想少女所說的話：「我不只是看見黑黑的傢伙哦。」

看見灰黑氣團已經令他異常煩惱，如果還看見少女所描述那些可怕的……傢伙，他應該早就魂飛魄散、氣絕身亡了吧？

他輕歎口氣。原本以為遇見跟他有著同樣煩惱的夥伴，誰知卻是個比他更奇特的怪胎人物。

他腦海浮現少女敘述恐怖景象時那副詭異的輕鬆模樣。

「她一定不正常。碰見這樣的事，沒人能這麼處之泰然吧？」

他壓根兒不想和少女有任何接觸和交流。

「明天我遲遲去上學，肯定不會碰見她。」他打定主意，吃著彌漫著玉米香味兒的曼煎糕，微微翹起嘴角。

甜食果真是令人鎮定喜悅的萬用劑啊。阿仁想。

「怪胎」少女這會兒還杵在原地。她並不想嚇唬阿仁，她已經儘量以輕鬆的口吻敘說看見黑色物體和幽靈的事，沒想到反而弄巧成拙。

「為什麼要說出女鬼的事？」少女自責地說，「唉，看來我是注定沒有朋友了。」

她瞄了眼香蕉樹下的女幽靈，女幽靈正朝她擠眉弄眼，見她沒反應，極盡用事地伸長舌頭……

少女皺了皺眉，撇過頭不甩那女幽靈，悠悠忽忽地走回家。

3・蛇靈與乾屍

第二天。阿仁吃過早餐後，在客廳難得地看書。

母親走下來時看見阿仁，頗感意外。

「不去學校嗎？」母親視線的焦點遊移於阿仁身畔，好像他身邊有其他人站在那兒。

「呃，今天……有點不舒服。」他想不到其他藉口，只好說了個最常見的藉口。

「哦。不舒服？」母親問了個疑問句，就走去廚房。

阿仁瞄向廚房，看著母親若無其事地整理碗碟和杯子的背影。母親一點兒都不像在等他回話、跟他對話的樣子啊。

阿仁覺得渾身不自在，全身血脈糾結在一塊兒……

還是去學校吧。他想。

阿仁匆匆背起書包，走出門口。

走了幾步，他回過頭。母親沒有跟出來。

想來他怎麼樣都無所謂吧？呵。阿仁舒了一口氣。

明知道會是這樣的結果，阿仁還是有些不快。這麼多年了，他還是無法適應母親的冷漠對待。

或許他心底深處一直期盼母親對他的態度會突然好轉吧？可惜母親總是一次又一次讓他的期望落空。他應該學習不再抱任何期望。阿仁想著，內心的空缺感稍稍減弱。

他碎步走著，儘量拖延時間。

等會兒就要經過昨天少女說有「那個東西」的地方……

阿仁想著，心理打了個冷顫。

還是去廟裡拜拜，祈求神明保佑保佑。

阿仁拐進小徑，急匆匆走進廟宇，脫了鞋，在大殿神像前誠心膜拜。

阿仁心裡默念：「神啊神，請您顯靈保佑，不要讓我再遇見昨天那位女孩，還有千萬不要讓我碰見那些可怕的東西……」

阿仁繼續祈求。清晨的神殿無風，靜謐的大殿和迴廊傳來一股單調的迴響「咿——」。阿仁膜拜的身影在神殿中異常突出顯眼。

莊嚴的神像雙目朝下微睜著眼，似在凝視阿仁。

阿仁膜拜完畢，鞠了個躬轉身離去。

大殿回復肅穆寧靜。

偌大的神像上漸漸浮現一團影子。那影子擴散開來，脫開於神像。輕盈模糊的影像依稀看得出是個穿戴鐵甲戰袍的神。祂注視著阿仁離去的背影，嘴唇並未開啟，但空氣中有道渾厚而緩慢的聲音迴響於整個空間，那道聲音說：「終於肯求我幫忙了嗎？」

神像瞬即化為一道煙塵朝著門外揚長而去，隱隱浮現空中，附著於正好飛越天空的麻雀身上。

麻雀兒唧唧喳喳聒噪地叫了幾聲，雙目發光，俯衝向阿仁，在他身邊徘徊。

阿仁沒有注意到身畔的雀兒，他耽怕碰見「那個東西」，目不旁視地往前直走。

來到學校時，蕭邦的「送葬曲」正好響起。

「鈴聲換了？是送葬曲？難道預示著災難要發生？」阿仁多疑而灰暗地臆想。

他快步走向生物實驗室課室。今天第一堂課就是生物課。他記得劉老師昨天交代大夥兒到實驗課室上課。

阿仁走進生物實驗課室，同學們已圍成一堆在劉老師的大實驗桌前。

幾位不喜歡湊熱鬧的同學坐於各自組別的實驗桌，阿仁看見班上最傲慢、目中無人的大姐大坐在他那一組的位子上。

他一向不想招惹這樣的人，之前大姐大曾在課室內當眾羞辱他說他是不存在的同學，還被嫌棄髒而要大家遠離他。

他沒有記恨大姐大，不過要他和這樣的人圍坐在一張實驗桌，對他來說也是一種挑戰。

他選了最裡面的位子坐下。

大姐大眼角瞄他一眼，踢了下桌腳示意他坐開。

阿仁只好將椅子往後挪去。

「同學們，現在開始進行青蛙的條件反射實驗。請回到各自的組別，我會在這裡做實驗，然後讓每組輪流出來觀察實驗過程和結果。」

同學們回到各自座位，這時，嬌小的劉老師戴上手術用手套，拿出尖利的針，頓時化身為懾人心魄的冷血生物教師。

阿仁暗自叫苦。唉，為什麼一定要讓他們面對血腥？他最怕這種血淋淋的凌虐過程。

劉老師將一隻青蛙固定在木板上，然後取出毛蟲，在青蛙攝食毛蟲後，用大頭針子在青蛙腳掌刺一下。

如此重複幾次實驗後，青蛙的腳掌流下不少的血，而且一見到毛蟲就會自然而然顫抖，對毛蟲產生恐懼。

「同學們，看清楚哦，這是一種條件反射。說明了恐懼是可以經過後天訓練的心理反射作用。」

阿仁看得怵目驚心。關於恐懼，他有著太多不好的回憶。

「哈哈，讓人產生恐懼原來這麼簡單啊！」大姐大笑著，不懷好意地瞥向阿仁。阿仁不禁打了個冷顫。

她不是想拿我開刀吧？阿仁滴著汗想。

這時，生物老師卻一改冷酷口吻，和藹地說：「恐懼可以通過條件反射產生，也可以通過非條件反射消除……」

阿仁似乎聽到什麼重要的東西，腦袋正要消化老師說的話，某個人卻竄進了課室，將他的思緒打斷。

「為什麼要進行這種實驗？青蛙和我們人類一樣，都是有生命的生物！」

說這話的，是隔壁班的轉學生，也就是阿仁最不想見到的人——看得見那些傢伙的少女！

劉老師正要解釋，少女經已竄過來釋放了桌上的青蛙，將它裝進手中的塑膠袋內。

「我帶走了。為了不讓你繼續凌虐牠！」少女惡狠狠地盯了一眼生物老師，說：「你難道不怕有報應嗎？」

劉老師被少女盯得全身發毛，吶吶地說：「我——在進行生物實驗，這是每位生物老師都必須做——」

老師未說完，少女就插嘴道：「生物和人類河水不犯井水，你最好別再做這種事。」

此時阿仁陡然瞥見少女身後趴著條宛如蛇形的黑色氣團。他叫了一聲，站起身來正要說出口，少女已奪門而出。

眾人和老師都望向阿仁。

「陳唯仁你要做什麼？」老師問他。

「哦……我覺得……她說的對。」阿仁吞了下口水，大著膽子說：「生物被這樣抓來做實驗，很殘忍。而且……」

「而且？」老師推了推眼鏡。

阿仁想著怎麼措詞才恰當。半晌，他說：「青蛙是有靈魂的。」

課室靜默了幾秒鐘，接著大夥兒都爆笑出來。

「哈哈，你看過啊？」「他們是同類啊！」「他是幽靈，當然看得到啊！」「他上輩子可能是青蛙吧？」「說不定還是青蛙王子呢！哈哈哈！」

眾人此起彼落地取笑阿仁。阿仁並不在意，他只希望劉老師能夠醒悟到自己的錯誤。

「陳唯仁你坐下。以後，不許再提這些不科學的事。」劉老師清清喉嚨，說：「我們繼續上課。剛才說到條件反射是可以訓練出來的……」

阿仁呵了口氣。唉，人們為何總是如此執迷不悟？

沒有見過的人的確不容易相信這些事啊。阿仁無奈地放棄了想對劉老師解釋清楚的念頭。

「不過……」阿仁轉念一想，「她要帶那隻青蛙去哪裡？」

阿仁下課後到處尋覓少女蹤影。終於在人跡罕至的舊課室前找到她。

她正蹲於走廊邊，雙手似乎在抓著什麼東西放進嘴裡。

剛才她身後出現的是蛇吧？蛇最喜歡吃青蛙……阿仁想著，腦海自然地浮現少女吃青蛙的恐怖畫面。

「難道……她在吃牠？」阿仁打了個冷顫。隨即安慰自己道：「不可能吧？剛才她那麼大義凜然的模樣，不像是為了吃掉青蛙撒的謊……」

阿仁慢慢走近少女身旁，想起剛才看見的蛇形黑氣團，又後退兩步。

少女察覺到了，抬頭問他：「幹什麼？」

「哦，沒有……想知道青蛙怎麼樣了。」阿仁喏喏地說。

她嘴邊沒有血跡。阿仁呼了一口氣。

少女欠身挪後，阿仁看清了她在做的事。原來少女在走廊邊種了棵植物。

「這是什麼？那只青蛙呢？」

少女咧開嘴微微一笑，說：「這是白菊。我最喜歡這種菊花，所以打算盡我所能，多栽種在學校。以後……可以回來這裡……」

少女說完，眼神划過一絲哀傷。

阿仁皺了皺眉。「你還是沒有回答我的話。青蛙呢？」

少女杵了半晌，嘴唇嚅動了下，又抿緊嘴唇，眼角掠過白菊下微微突起的小土堆。

阿仁心頭一驚，蹲在白菊前，隨手抓起根樹枝挖掘那蓬鬆的土堆。

挖了一會兒，瞥見了「青蛙」。

青蛙已乾癟成一團，不像是流血過多而死，倒像被吸乾了血的「殭屍」。

阿仁暗暗吃驚：青蛙的死絕不單純。

「到底怎麼回事兒？」阿仁惱怒地瞪著少女。

少女哀傷的眼色驟然冷漠。阿仁一瞬間又瞥見少女身後凝聚起來的黑色氣團。

「你！你快離開她！」阿仁喊道。

空氣中傳來一股憋氣般的聲響：「別多管閒事……」

阿仁驚恐地跌坐地上。

「這絕對不是幻象，也不是幻聽……我明明聽見了……」

阿仁望著少女身後的黑氣團逐漸擴大，升騰於她頭頂上方，他不知從哪兒湧出的勇氣，站起來說：「我不允許你纏著她！」

阿仁握緊拳頭，逼自己死死地盯著黑氣團，雙腿卻不聽使喚地抖動。

「不允許？哈哈哈！有意思……」

黑氣團陡然變小，而後隱隱消去。少女如夢初醒，懵懂地望著阿仁。她從阿仁驚駭的眼神中猜測到一二。

「它出現了，對吧？」

阿仁低頭不語。他不知道要不要對少女說那蛇形氣團的事。

「我就知道。呵。」少女重重地歎口氣道：「好累。我已經不想再經歷這些……」

此時「送葬曲」再次響起。上課了。

少女蹲下身，將被撥開的泥沙覆蓋住青蛙的死屍，接著如幽靈般腳步輕浮地步向新校舍。

少女離去後，阿仁如釋重負地靠於柱子，喃喃自語：「她身上到底發生了什麼事？」

4・神明顯身仗義相救

剛才在實驗室發生的事，大夥兒很快就忘得一乾二淨。下課之後大家沒再談論實驗室的事。

大家都不覺得用活青蛙做實驗有什麼不妥嗎？阿仁無奈地歎氣。

同學們一如既往地無視他、不小心經過他身邊也會迅速彈開，簡直當他是瘟神。這樣也好。同學們不要和我接觸是最好的。

他緊皺著眉，思索剛才發生的事。

他已經好久不曾看見那些灰黑氣團，現在讓他看見，還與蛇形黑氣團對話，這是否預示著他即將面臨危險？又或者，是少女向他發出的求救訊號令他看見了灰黑氣團？

這堂課，阿仁沒有心思聽講。

他心中有兩股聲音在交戰。他究竟要插手少女的事抑或遠遠地避開少女？

唯無論是哪個結果，他似乎都不能理直氣壯地放手去做。

◆

放學後，阿仁直覺地加快腳步歸家。

這一刻，他心裡頭的恐懼戰勝了正義。

經過少女家門時，他幾乎是衝著跑過去。

過了幾條街，他壯起膽往後瞧。沒發現少女的身影。

他鬆口氣，腳步放緩。

一陣唧唧聲從阿仁頭頂傳來，阿仁抬頭一望。一隻羽色灰褐的小麻雀在他頭頂撲掕撲掕地拍動翅膀。

他無語地盯著麻雀好一會兒。這麻雀似乎在嘗試對他說話，吱吱叫個不停，眼珠子機靈地轉動。

「牠對我說話？不可能吧？我可聽不懂鳥話。」阿仁譏笑自己的臆想，不再搭理麻雀。

麻雀沒有放棄跟隨阿仁，一路撲動翅膀飛高又飛低想引起阿仁的注意。

阿仁覺得煩不勝煩，開步跑了起來。

跑了好一會兒，沒再看見麻雀身影，他不禁自嘲道：「今天是走什麼怪運啊？一會兒看見黑氣團，一會兒被麻雀追！」

阿仁來到家門前，從書包抽出鑰匙，摸索著開了門鎖，走進屋裡。

現在是下午三時三十八分。這時間一般無人在家。

阿仁的父親在日本大使館任職，通常過了八點才回家，偶爾遇上大使館有慶典或活動，甚至半夜才歸家。阿仁的妹妹就讀附近的明星小學，放學後直接到業界著名的補習班補習，在陶瓷教室當助教的母親會在晚上七點多把妹妹接回來。

因此下午三點多至傍晚七點這段時間，家，是屬於阿仁一個人的。

他可以自在地坐在客廳看電視、吃零食，或躺在沙發上閱讀各類小說、漫畫。

傍晚之後的時間，他通常躲進房裡。除了走出房門吃飯，他很少在客廳逗留，也極少與家人交流。

這主要歸因於母親對他的態度。

母親在他面前，總是顯得特別嚴肅。父親和妹妹當然也察覺到母親的異樣，但大家都已習以為常，沒有戳破母親的怪異行徑。

這個家就是這麼變態，一點兒都不正常。

表面上如此親善和睦的家，實際上卻隱藏了難以言明的不和諧。

阿仁不想破壞家庭的和睦，唯一做法就是——儘量不踏進客廳。

在他選擇這麼做之後，家人似乎更自在、和樂了。他聽得見父母及妹妹在客廳談笑的聲音。他們三人一塊兒看電視、聊天，其樂融融。他們三人才是一家人。

他宛如不存在於這個家。

阿仁不讓自己去鑽研這麼令人抓狂的問題。唯有不去想，他才能繼續待在這個家，才能有個安身之所。

阿仁到廚房開了冰櫃，看到裡頭居然有他喜歡的焦糖布丁，欣喜之情洋溢臉上。隨即他又感到困惑：「今天是什麼日子？居然有我最愛吃的布丁？……」

母親是知道他喜歡吃焦糖布丁的。雖然母親平時一貫漠視他，但在某些特定日子，冰櫃裡會放著布丁。這對阿仁來說就像個獎勵。

這樣的獎勵對許多人或許顯得微不足道，卻足以讓阿仁滿足好幾天。

有了這布丁，他可以抹去母親之前對他的所有不好。誰讓他對甜食總是無可抗拒？

阿仁從冰櫃小心翼翼地取出底部凝聚一層焦糖的布丁，走去沙發上撕開封口，舀了一口來吃。

「哇！太好吃了！世界上怎麼會有這麼好吃的東西啊？」

阿仁邊享用布丁邊誇張地說。

吃過濃郁香甜的布丁，阿仁心情甚好的拿出新買的漫畫來看。這是套講述一個孩子有著四個父親的溫情偵探漫畫。

阿仁看得津津有味，渾然不覺時間過去。到阿仁看完漫畫，往窗外一瞧，才發現天色已暗下來。

「啊？這麼晚了？」阿仁瞟了眼客廳的掛鐘，不禁訝然。

「九點多……從來沒試過這麼晚還沒回……」

阿仁嘟噥著，肚子打了個響鼓，這會兒，他腦袋突然有個想法。他害怕家人遭遇不測，但他隨即晃了晃頭。

「別胡思亂想，怎麼可能有這樣的事！」

他譏笑自己的臆想。或許母親就是討厭他老愛胡思亂想。

阿仁決定先醫肚子。他走去廚房，準備煮個簡單的速食麵解決這餐。

「爸爸和媽媽、妹妹可能正好在路上碰見，一塊兒去吃東西了吧。」他為家人的遲歸想了個對他些許殘酷的理由。

煮滾了水，才將麵條放進鍋內，阿仁就聽見窗戶被敲擊發出的嘚嘚聲。

阿仁透過窗戶看出去，看見白天碰見的灰褐色小麻雀。

「它是怎麼回事兒？追我追到家裡來了？」

阿仁狐疑地看著用盡力氣敲擊玻璃窗的小鳥兒，終於熄了火，走過去開窗。

怎知小麻雀立時竄進屋裡，在阿仁還沒有反應過來時，麻雀兒長長的身影居然漸漸擴散，接著影子脫離了麻雀，在半空幻化為巨大的金燦燦影像！

阿仁直覺地彈去牆邊的壁櫃，緊靠在木櫃上的玻璃門。他身子不由得顫抖起來，使得櫃子磕磕作響。

這……這是什麼情況？他……是在做夢吧？

阿仁腦袋一片混亂無法言語，他張大著嘴，眼睜睜望著漂浮於半空的——「神」。之所以叫這巨大幻影為神，乃因祂的形象與他每天在神廟大殿上膜拜的神像，有幾分神似。

「神」見阿仁如此懼怕祂，靜默下來，待阿仁情緒穩定了些，才說：「小時候不是見過我嗎？你不記得了？」

阿仁咽了下口水，吶吶地說：「有……有嗎？」

神似乎很傷感，慨歎著說：「原來，你還是不記得了。」

神哭喪著臉，細長的眼睛充盈了淚水，一顆淚珠竟落了下來。

阿仁不禁大吃一驚。「神也會哭？」

看見神如此傷心的模樣，阿仁大著膽子，問道：「你到底是神是鬼？為什麼要跟著我？」

神不悅地說：「我怎麼可能是鬼？」
「這可難說。鬼不會承認自己是鬼吧？」
神無可奈何地歎氣：「鬼可不輕易讓你見著啊。」
「那神就輕易見著？」
「當然不。神佛都是不隨意現身的。」
「那你……不是神佛也不是鬼咯？」
「不，不。我當然是神，我是常年駐守於安平神殿的安平將軍。會讓你看見，當然是有原因的。」
「什麼原因？」
「這……」神猶豫了下，赫然想起什麼，趕緊說：「現在不是說這個的時候。你的家人有危險！」
什麼？怪不得他們那麼遲都沒回來。阿仁心急地罵道：「你為什麼現在才說！」
「我也是不得已。神佛不能輕易現身，而且我一向喜歡低調。你不曉得，附在小麻雀身上，是多麼不自在——」
「你快說他們遇到什麼危險？」阿仁打斷神的話，著急問道。
「哦，是。哎？怎麼好像你才是神了？」神注意到自己的低姿態，不禁慨然。

阿仁受不了神總是扯開話題又多多疑問，大聲道：「救人要緊！快說！」

「哦，也對。」神點了點頭，繼續說：「你今天下午得罪了亞修羅道的蛇靈君。為了給你稍事懲戒，它讓被它附身的女孩帶它去找你妹妹——」

阿仁沒聽完就衝了出家門，神愣在那兒半晌，才趕緊竄出門外。

阿仁在昏黃的燈下拚命地跑，好一會兒才驟然折回，見神在他家門口等著，著急問道：「她在哪裡？」

「唉，都要你別衝動了。她現在在永仁醫院，你父母都在她身邊——」

阿仁又沒聽完神說的話，往前衝去。

「這孩子，總是不等人家把話說完。呼！」神立於阿仁家門口半空，低頭看了自己一眼，暗忖：「這樣子去醫院，萬一撞見有緣人，會嚇著他們吧？再且，如果碰見在上的大人，說不定會攔著我訓話一頓，又或者遇到了什麼鬼怪，興許還得費一些力氣驅趕他們……呵，低調，低調啊！」

神於是往四周掃視，眼角瞄到溝渠邊上的小灰鼠，想也不想就附了上去。

被神附身的小灰鼠在街道上急速奔跑，邊追向阿仁邊喊道：「喂！等等我啊！」

唯人們只聽得見小老鼠的吱吱聲。路上行人有者被急衝過來的阿仁與鼠兒嚇得趕忙避開，有者嚇得怪叫，有者甚至撞到一塊兒了。

阿仁與小灰鼠這一人一鼠，一路慌亂忙碌地，終於抵達永仁醫院。

為免阿仁衝動行事，小灰鼠趕緊咬住阿仁的褲腳。

阿仁被扯著條腿，往下望去才發現了小灰鼠。

小灰鼠在他腳畔叫嚷道：「你先別進去！」

阿仁聽不懂鼠兒在說什麼，不過他看得見小灰鼠身上模糊而擴散開來的影子。

「原來那神附在你身上了。」

就這麼躊躇了幾秒，阿仁赫然想起自己什麼本事都沒有，怎麼去拯救妹妹？

「喂，既然你說自己是廟裡面那個神，一定有辦法救我妹妹，對嗎？」

神這時候脫開了小灰鼠的身子，漂浮於阿仁跟前，說：「交給我吧。不過我需要你的一臂之力。」

「我？」阿仁訝然，他有什麼能力可以幫助神？

「嗯。神不能輕易插手人間的事。我需要你的祈求。」

「什麼？我的祈求？」

「你必須誠心祈求妹妹獲得幫助，還有祈求我安平將軍幫助你。」

阿仁覺得挺荒謬，撇撇嘴道：「需要這樣形式化的做法？」

「當然。人間的祈禱和拜拜都需要儀式，更何況是請求神佛出手相救？」

「好吧……」阿仁無奈地頷首，「哎，慢點。你是什麼什麼將軍？」

「安平將軍。平安的安！平安的平！」神振振有詞地說。

阿仁聽見這頗逗趣的解釋，忍不住「撲哧」笑了一聲，但立即意識到「安平將軍」板下了臉孔，趕緊嚴肅起姿態。

「哼。想我安平將軍受萬人景仰，以弱勝強、有勇有謀之戰績迄今無人能及……」

「停，停！我現在沒時間聽你的豐功偉績，祈求你，呃，安平將軍，快點救我妹妹吧！」

神瞅了他一眼，整理好姿態威風八面地走進醫院，阿仁趕忙跟上。

「你知道我妹妹住哪間病房？」阿仁問道。

「這還需要問？神是無所不知的。」神說。

「嗯……」阿仁頗不以為然，似乎不滿意神這樣敷衍的說法。

阿仁跟隨神走進電梯。

電梯內只有他和神，他不禁脫口問道：「神明也需要搭電梯嗎？」

「神明不需要搭電梯。人類需要。」神坦然地回他。

阿仁覺得自己這次真問了個蠢問題，閉口不再多問。

來到病棟第四樓，電梯開了。阿仁甫步出電梯，就看見那名少女坐在窗口邊的椅子上，雙手托著腮幫。

少女身畔浮現一團黑氣，不過阿仁肯定那不是蛇形黑氣。這團黑氣沒有惡意，卻散發頹喪與黯淡的氛圍。

這應該是第一次看見少女時的灰黑氣團。阿仁心想著，衝到少女跟前。

少女見是阿仁，驚恐往後縮起身子。

「你為什麼要帶蛇靈去找我妹妹？」阿仁惡狠狠地質問少女。

「我……我也不想，我沒辦法控制自己……」少女說著，眼淚流了下來。

驟見少女流淚，阿仁反而不知所措了。

他轉向神，說：「走吧。」

神繼續帶領阿仁走到最後一間病房，停下，說：「我看見它了。它就在你妹妹身上，你要有心理準備。」

阿仁皺緊了眉頭，點點頭。

「待會兒一定要誠心祈求，知道嗎？」神囑咐道。

「我不知道要怎麼做——」

「到時候就知道了。進去吧。」

「你不跟我進去？」

「不。不能打草驚蛇。」神說。

阿仁覺得神這句「打草驚蛇」用得再貼切不過。他深吸口氣，步入病房。

病房內燈光昏暗。這是雙人病房。妹妹應該是躺在靠窗的床位，因為阿仁的父母坐於窗口邊。

父母見到阿仁，似乎很驚訝。

「你……怎麼知道妹妹進院？」母親張著嘴喃喃問道。

阿仁沒有理會母親，他盯著躺在病床上病懨懨的妹妹。

他看見了它。那蛇形氣團附著於妹妹身上，從妹妹頭頂升上來，正面向他吐著芯子，示威狀張嘴呵氣。

「這王八蛋……」阿仁咬牙切齒地握緊雙拳，一時竟忘了害怕。他想起神說要誠心祈求，於是他忍下怒氣，微閉雙目誠心祈求道：「請安平將軍救救我妹妹。請安平將軍大慈大悲，救救我妹妹……」

阿仁在心中默念數遍後，慢慢睜眼。神不知何時已竄進來，祂在病榻前頗具威嚴地對著蛇靈吐出一句模糊的話語，再一揮手，蛇靈滾動著逃出阿仁妹妹的身體，接著似從地底深處發出尖利的一聲嗷叫，隨即消散於阿仁眼前。

阿仁面對這忽如其來的時刻，恍如做夢，只一瞬間卻已結束。

他杵在那兒，半晌，才曉得移動腳步去看妹妹阿寧。

阿寧此時臉色沒有了灰暗之色，唯氣息仍舊不太穩定。

母親這時走過來問他道：「到底發生什麼事？」

阿仁慌張地抬頭看向母親。他不知道怎麼對母親述說一切，微微吐出：「沒……妹妹應該沒事了。」

說完阿仁轉身離開病房。

這不是他該逗留的地方。他感覺到母親並不歡迎他的到來。

他匆匆越過少女，少女視線緊盯阿仁。

阿仁沒理會少女，逕自按了電梯按鍵。神在阿仁身畔緩緩跟進。「你不問剛才的事嗎？」

阿仁走進電梯，木然地直視前方，目光散渙。

電梯門關上了。

神欲言又止。這人怎麼一點兒好奇心都沒有？他不問問剛才祂怎麼驅除蛇靈的事？

神似乎頗頹喪，雖然祂知道神不應該對自己的行為沾沾自喜，但畢竟人類都是有好奇心的啊。阿仁與眾不同的坦然反應，反而令祂不知所措。

阿仁步出醫院時，神沒有跟隨阿仁。

「這樣也好。省卻我解釋的麻煩。哎哎，得回去咯！」

神伸了個懶腰，眼角瞄到樹上一隻黑不溜丟的烏鴉，於是祂以光速附於它身上。烏鴉振翅飛翔，投身於黑暗的天空，沒去身影。

5・我是帶來不幸的怪物

阿仁回到家後才隱隱回復了知覺。

剛剛到底發生什麼事？

阿仁癱坐在沙發上，仰望天花板，慢慢回想。

「神呢？」他這時才想起了神。

他恍惚中似乎聽見神對他說了些什麼。

「到底是什麼？」

他一時想不起來，懊惱地托著頭。

他腦海隱約浮現蛇靈嗷叫的聲音，不禁啊地叫出聲來。原來那蛇靈活靈活現的可怖形象和淒厲叫聲讓他驚悚得魂不附體，一時忘了剛才發生的事，現下終於醒過神來。

阿仁這會兒才想起醫院經歷的事。

「神……是怎麼做到的？怎麼能一下子就把蛇靈趕出阿寧的身體？」阿仁呢喃著。

「還有……我是怎麼把神叫來幫我的？只是祈求就能做到？不可能吧？」阿仁對自己能召喚神的事依舊無法置信，接著腦袋又一片空白了。

阿仁就這麼呆呆地坐在沙發上發愣。直到肚子餓得翻攪，他才意識到自己從下午到現在粒米未進。

他起身到廚房，將剛才已放了水和麵條的鍋子重新開火。

這時外頭傳來一陣吵雜聲。

誰在外面吵鬧？是神嗎？

阿仁探頭望出窗外。

「都是你的錯！萬一阿寧有什麼事就唯你是問！」

「關我什麼事啊？明明就是阿寧自己暈倒——」

「才要你代替我接阿寧一天，就發生這樣的事，你還說不是你的錯？」

「你實在不可理喻！」

吵雜聲如雷貫耳，接著父母爭執不休地走進屋來。

「你才不可理喻！我會希望自己孩子暈倒住院嗎？」

「總之——呵！不說了，越說就越氣！」

母親說著兩眼瞪向廚房的阿仁。阿仁趕緊把視線移開。

母親突然呀了一聲，皺緊了眉頭。

她想起阿仁在醫院時的古怪舉動。

此時水煮開了，噴灑出湯汁，阿仁快快熄掉爐火。

他最怕母親這種懷疑的眼神。

阿仁將速食麵倒進一個大碗公，小心翼翼地端去飯桌，選擇了背靠客廳的方向坐下。阿仁邊呵氣邊快速吃麵，他現在只想快點逃回房裡。

父母坐於客廳，唉聲歎氣地對看一眼，陡然靜默不語。

他們都想到了以往發生過的事，神色凝重。

阿仁呼嚕嚕地吃著滾燙的麵。雖然背對著父母，仍感受到客廳沉重的氣氛。

他陡然全身痕癢難耐，似有千根刺鑽進皮膚。阿仁站起來，乾脆將麵條倒於垃圾桶，狼狽地逃回房去。

他靠於門後直喘氣。

「他們不是以為我害了阿寧吧？」

阿仁將耳朵緊貼著門，細聽客廳動靜。

客廳傳來細瑣的低語聲。阿仁隱隱約約聽見片言隻語「帶來不幸」「怪物」云云。

「他們果然認為是我害了阿寧。」

阿仁的心抽動了下。他跳上床用抱枕遮蓋著頭，就這麼毫無動靜地慢慢沒有了意識。

6・少女靜的自白

阿仁今天比以往更早起身。他不想碰見父母親，連早餐都沒準備就趕緊出門去。

「現在去醫院，應該不會碰見他們。」

阿仁盤算著去醫院看望妹妹。雖然他和妹妹平日沒什麼情感交流，但妹妹始終是妹妹，阿仁還是非常心疼那嬌小可愛的妹妹。即使妹妹偶爾會任性，偶爾會對他露出睥睨的眼神。再且，妹妹會出事也是他惹的禍。他不希望妹妹因為他而有不愉快的回憶或陰影。

一開門，令阿仁頗頭痛的人映入眼簾。

是看得見「好兄弟」的少女。

阿仁木然地看著她。少女吶吶地對他打了聲招呼：「嗨。」

阿仁沒說什麼，徑直越過她。

少女跟過來，說：「喂，你叫阿仁吧？」

「你想怎麼樣？」

「我叫靜。」

阿仁依舊沒有慢下腳步。

「對不起。呃，我知道是我害了你妹妹。對不起……」

阿仁終於停下來。

「說對不起有什麼用？」

阿仁快步走了起來。

「我知道是我不好，可是我也不想的——」

「不想就不要靠近我，滾回去你原本的地方！」阿仁粗暴地回應少女。

「我——沒有地方去……」說著少女居然當街哭了起來。

阿仁覺得少女好煩，但又無法不理她。

「你再哭我就走了。」阿仁板著臉說。

「哦……」少女趕忙擦乾眼淚，「你願意幫我？」

「幫你？」阿仁想起少女身上的蛇靈，皺緊了眉頭。

他自己已經有一堆煩惱，怎麼幫她？

阿仁沒有答應少女，他快步走向醫院，少女亦步亦趨地跟在他身後。

阿仁來到病房。

妹妹還在熟睡。阿仁好久沒看過妹妹睡著的樣子。

妹妹還是和以前一樣，熟睡時總愛皺著眉頭。阿仁嘴角微微上彎。

小時候的他曾經陪在妹妹身畔哄她睡覺。但不知何時開始他就不再陪伴妹妹。

「你妹妹真可愛。」少女說。

阿仁瞅了她一眼，覺得她的話很多餘。

這時護士走進來幫妹妹量體溫。妹妹甦醒過來，看到阿仁似乎頗訝異。

護士量好體溫，交代阿仁：「剛才醫生已經來看過她，今天就可以出院了。」

「哦。」阿仁怯懦地回應。

待護士走出去，阿仁才說：「等一下我會叫媽媽來接你。」

妹妹困惑地看著阿仁。「我——到底是什麼病？」

阿仁不知怎麼回答妹妹。即使說出來妹妹也不能理解，興許還會懼怕。

「應該是感冒吧。」

「感冒？哦……」妹妹沒有多加猜疑。

「我先走了。」阿仁說著，走出病房，這時妹妹卻喚他道：「哥——」

阿仁回過頭。他已經好久沒聽過妹妹這麼喚他。

「我——想看你新買的漫畫，可以嗎？」

阿仁訝然。原來妹妹有在留意他看的漫畫。他眼中立時堆滿了笑意，說：「就放在我房裡，你自己去拿。」

妹妹點點頭，又閉上眼睛休息。

阿仁端詳了妹妹一會兒，退出病房。

「真希望我有個哥哥。」少女喏喏地說。

阿仁瞥了眼少女，立時嚇得往右彈開幾步。

少女身後浮現著一大團的灰黑氣體。

「我……是不吉利的人，對吧？」少女低著頭說。

阿仁看著面容皺成一塊兒的少女，對她倍感同情。

「我……很想死。可是沒有勇氣……」少女說著，灰黑氣團擴散開來，充塞了她身後的空間。

原來，是少女尋死的念頭使得她身上出現了灰黑氣團。

阿仁輕歎口氣。他從未想過，世界上或許還存在著比他更不幸的人。

他是不是應該幫她？雖然他不確定自己是否可以幫到她。

阿仁微啟嘴唇，問道：「你叫……」

「靜。我叫李靜。安靜的靜。」

「你是什麼時候開始有尋死的念頭？」阿仁問，與靜保持著一段不至讓人產生誤會的距離。

「不記得了。我很小的時候就能看見那些東西。」靜的視線望向不遠處的小樹林，似乎那兒有著「某些存在」。

「對我來說，那些幽靈就像普通人一樣，我不去在意他們，他們也不會來打擾我，我早就習以為常。可是……」靜頓了頓，呵口氣說：「不久前，我看見父母身上的黑氣。我幫不到他們，也不敢跟他們說……他們走了……」

靜說著，哽咽起來。

阿仁從未想過親人身上出現黑氣團的事，萬一有一天真的出現這樣的事，他無法想像自己會怎麼樣。呵，一定也跟靜一樣驚恐而無助吧。

阿仁對靜多了份同情。

「所以你就搬來這裡？」

靜點點頭。

「那蛇靈是怎麼附著在你身上的？」

「不知道！」靜顯得頗激動，「有沒有辦法把它趕走？我不要再當它的傀儡！」

「嗯……」阿仁思忖著：昨晚蛇靈被神驅逐出阿寧的身體。那神應該也能幫靜驅逐蛇靈出去吧？

阿仁沒有對靜說出口。他不知道是否能告訴靜關於神的事。

「我……試試看。」阿仁說。

靜眼中滿含感激之情，阿仁首次凝視她的雙眸。

靜雙目清澈卻模糊。這麼形容似乎頗矛盾，但確實是如此。

靜的雙眸烏黑清澈，可在她眼瞳周圍卻繞著一圈模糊的灰色地帶。

這是怎麼一回事兒？

7．行使暴力的大姐大

上課鈴響前，阿仁走進學校的洗手間。

上了廁所後阿仁目測四下無人，趨近鏡子前仔細望進自己的眼眸。

烏黑的瞳孔中，圈著一個小小的自己，除此之外，阿仁也發現了一個事實。

他與靜一樣，瞳孔周邊有一層模糊的灰色地帶。這灰色地帶附著於瞳孔黯黑處的周邊，逐漸擴散暈染，像濃郁黑墨被醮上透明無色的水暈開了黑。

「難道是因為這個原因？」

阿仁懷疑雙瞳周邊的灰色地帶讓他與眾不同，成為母親和旁人眼中的怪胎。

他走出洗手間，思索著關於眼瞳的問題，在轉角處心不在焉地，差點和迎面走來的人撞在一塊兒。

那人粗暴地大聲呼喝他，嚇得阿仁貼向牆壁。

是大姐大。

完了。好撞不撞，居然撞見大姐大。

大姐大惡狠狠地瞪著阿仁，一副要吃了阿仁的模樣。

阿仁這會兒居然沒有害怕，他直視大姐大的眼珠子。

「沒有……」阿仁喃喃念道。

「呵？什麼？」大姐大更費勁兒地喝道。

阿仁立刻說：「哦，不，沒什麼。」

「快說！不然有你好看！」

大姐大舉起拳頭，阿仁無可奈何，只好老實回答：「我看到你的瞳孔旁邊沒有灰色的一圈。」

「呵？」大姐大有聽沒有懂，惱怒大喝：「說清楚！」

「哦……因為我的瞳孔旁邊有一層灰圈……」阿仁在自己瞳孔前比劃著，試著解釋給大姐大聽。

大姐大趨近阿仁臉龐，眯著眼仔細瞧阿仁的瞳孔，果然看到那灰圈。她想了想，說：「有沒有又怎樣？」

阿仁看著大姐大，不曉得怎麼解釋才好。

「說！」大姐大又喝了一聲，阿仁諾諾地說：「有的話，可能可以看到特殊事物。」

「特殊事物？怎麼特殊法啊？」大姐大翹起了下巴。

「就是……」

阿仁實在說不出來。他知道大姐大一定會當他在胡說，或許還會以為他故意糊弄她而對他使用暴力。這「大姐大」的稱號就是因為她脾氣暴躁、喜歡使用暴力而來。

大姐大見阿仁猶豫半天說不出個所以然，脾氣更不打一處來。她一個巴掌掃過去，還未觸及阿仁，卻被另一隻手抵擋住。

大姐大氣憤地望向那隻手的主人。是靜。

「你知道你在做什麼嗎？」大姐怒極喝道，不意噴了些唾液在靜臉上。大姐大感到些微錯愕，她對靜臉上的唾液似乎頗在意。

靜抹去沾於臉上的唾沫，鎮定地回她：「對不起。我是想代替他說而已。」

大姐大狐疑地看著靜，倒是沒有再動手。

「好，你說，什麼特殊事物？」

靜迅速地瞄一眼阿仁，阿仁無可無不可地擺擺手。

靜轉向大姐大，慢慢吐出兩個字：「幽——靈。」

「呵？」大姐大張大了嘴，下一秒卻撓有興趣地問：「真的？」

靜不置可否地聳聳肩，道：「你不相信也沒辦法。」

大姐大省視阿仁與靜，露出輕蔑的神情。

「既然這樣，你看到的時候告訴我。」

「呵？」靜頗訝異。大姐大的意思，是想見識一下那些傢伙？

「嘿，我就不相信真的有幽靈！」大姐大霸氣地指著阿仁的臉，說：「如果你讓我看到，以後你的位子，我——坐！」

這次輪到阿仁張大了嘴。

「呃，不行。」

「不行？」大姐大沒想到阿仁居然敢反抗她的指令，氣得頭頂冒煙，瞪著阿仁的眼睛都微凸了。

「哦，不是。我不是不讓你看。我很喜歡現在的位子，所以——」

大姐大瞪著阿仁的大眼驟然眯成一條縫，笑了起來。

「哈哈哈，居然會有人這麼喜歡那個位子。你果然不是普通的怪胎。」

面對大姐大喜怒無常的樣子，阿仁不知該如何應對。

「總之，就這樣說定啊。」

大姐大說完擺擺手走開去，留下錯愕的阿仁和靜。

「說定什麼?」阿仁問。

靜聳了聳肩,回道:「應該是讓她見鬼吧。」

「呵?怎麼讓她見?你說說看。」

「嗯……我也不知道。」靜想了想,突然大叫一聲:「啊!」

阿仁皺眉,這女孩子還真喜歡突然大喊來嚇人。

「昨天在醫院不是有東西跟著你嗎?叫那個東西現身讓大姐大看看不就行了?」靜說。

阿仁愕然望著靜,「你看得見安平將軍?」

「呵?什麼將軍?那幽靈是將軍?」靜嘟起了嘴思索阿仁的話。

「呵。原來你看不見祂。」

「我是看不見,不過看到你和它對話啊。」靜露出一副陰沉的模樣,追問道:「那個到底是什麼?為什麼我看不見你卻看得見?」

阿仁敲了下頭,都怪他自己說溜嘴。他看著靜,不曉得要不要說出神的事。

「它不是一般的幽靈吧?」靜眯起眼打量阿仁,說:「如果是一般幽靈,我應該看得見。」

「嗯……的確。祂不是幽靈。」

「那它是什麼?」

「呃,就是……」阿仁猶豫著說出實情的時候,突然想到早上的靜和現在的靜怎麼判若兩人?

「你到底是不是靜?」阿仁警惕地往後退兩步。

「我不是靜是什麼?」靜說著,面容驟然變化不定,阿仁瞥見變幻面容中嶄露的一絲猙獰!

「你又附在靜身上!」阿仁大驚道:「快離開她!」

靜低著的頭緩緩仰起,嘴沿漸漸上揚成誇張的角度。

「呵,你總是喜歡多管閒事。虧我剛剛這麼仁慈地幫你擋駕……」

靜身上的黑氣漸漸凝聚起來。

阿仁不等蛇靈現身,拔腿就逃!誰知轉角處又撞上大姐大!

大姐大走在前頭,被阿仁從背後一撞往前俯衝,差點兒摔跤,她狼狽地站穩後,見是阿仁,氣得鼻孔冒煙。

「又是你這瘟神——」

正待開罵,大姐大瞥見後方尾隨而來,面目無比猙獰的靜,一時愣在那兒。

阿仁不待大姐大反應即抓起大姐大的手臂急速逃跑。

後方的靜緊隨不舍，阿仁和大姐大慌忙落跑，最後他們在舊校舍旁側的環保收集區匿藏起來。

大姐大喘了好幾口氣，準備問阿仁發生什麼事，阿仁卻將手指伸到嘴唇，示意她別做聲。

靜的腳步聲傳來。大姐大見阿仁戒備緊張的模樣，也跟著緊張起來。

倆人低頭窩在環保收集品後方，大姐大禁不住好奇，透過紙箱和報紙堆的縫隙窺看靜。

靜停下腳步沒有向前，她環顧舊校舍，頭部緩緩轉過他們的方向，停在紙箱堆前，犀利的目光對上了大姐大的視線。

大姐大被那銳利而細長的瞳孔一瞪，頓時像被攝取了魂魄般無法動彈。

阿仁察覺到大姐大的異樣。他知道靜，哦不，是蛇靈已發現他們的藏身處。

「怎麼辦？神不在，我根本不知道怎麼對付這傢伙！」

阿仁急得冒冷汗，此時靜移動腳步，一步步走向他們。

「萬一它附身在大姐大或我身上，又或者像吸取青蛙的血魄般把我們吸乾……」阿仁想著想著，渾身戰抖不已。

當紙箱和報紙堆被「砰」地一聲掃落滿地，阿仁的恐懼達到極點。

「蛇靈」移開障礙物，直面阿仁。

阿仁不敢直視蛇靈，他微側著頭，窺見靜身後張牙舞爪的蛇靈，嚇得魂不附體。

「不行了……我們都要被它吃掉……不，吸乾……了嗎？」阿仁喃喃說著，眼睜睜看著被蛇靈附身的靜步向大姐大。

大姐大移動不了腳步，她望向阿仁，吶吶地說：「那個……不是人類的眼睛，對吧？」

靜已經來到大姐大跟前，它咧開了嘴呵口氣，道：「你果然不笨……不過，已經遲了……」

蛇靈脫開於靜，迅速將大姐大圍繞起來，大姐大立時沒了知覺，癱於地上。

阿仁見大姐大被蛇靈侵佔了身體，一時氣血攻心，心口的憤怒竟凌駕於恐懼之上，他吶喊著衝向大姐大：「蛇妖離開！不准傷害她！你傷人神就來滅你！」

蛇靈聽見阿仁的話，赫然停止了吸取大姐大靈體的動作，望向阿仁，這時阿仁身後驟然躍出安平將軍的形象！

「邪惡蛇妖，你居然敢隨意侵犯人類！」

說著祂緊盯蛇靈，心中默默叨念，對它施下滅靈咒語，蛇靈大驚，立即脫開大姐大的身體，逃之夭夭，瞬間從舊校舍上方消失了蹤影。

阿仁驚魂未定，恍然間感到一股熱流通過全身，半晌，他終於回復了理智。

「是你？」阿仁望著漂浮半空的安平將軍。將軍對阿仁微笑不語。

「你怎麼會來？」阿仁問，既驚又喜。

「昨天我不是說過了嗎？只要你有求於我，我就會出現。」

「可是，我剛剛明明沒有召喚你——」

「你的正念會引導我來幫你。別忘了你可是我所承認的契仔。」

「呵？」阿仁大感驚訝。安平將軍居然記得母親曾將他上契於祂的事。原來上契果真能讓神明保佑啊，虧他一直以為這只是民間的迷信。知道了事實後，阿仁不知該喜還是憂。喜的是有神明護身還有什麼需要懼怕？憂的是或許正因為這樣他才具備了特殊體質，窺見了不該見的東西。

安平將軍隨即說：「我該回去了，不宜逗留在外。我那小廟宇近年來香火太弱，必須時刻親自坐鎮才行。」

安平將軍左右顧盼，鎖定樹上的一隻小麻雀。臨走前，又說：「記得來看我。」

「為什麼去看你？」

「你今天不是忘記來看我嗎？」

阿仁這才記起今天的確沒有去廟裡祈求。平時他總會順路去廟裡一趟的，今天他為了去醫院探望妹妹，才忘了這例行的事。

「呃，可是——」

阿仁未說完安平將軍已附身於麻雀，頃刻失去蹤影。

「到底是怎麼回事兒？堂堂一位神明居然要我去看他，還說承認我是契仔……難道我真的與神那麼有緣？」

此時校園迴響著蕭邦的小狗圓舞曲。

「上課鈴聲又換了？」

阿仁疑惑地想著，抿一抿嘴，過去扶起躺於地上的大姐大。大姐大睜開眼見到阿仁，張口半天說不出話來。

「你現在相信有那個東西了吧？」阿仁說。

大姐大臉色灰白，神情凝肅而執拗，不肯就此承認。

「我還是看不到它……」

大姐大依舊執著於「看」啊。阿仁無奈地歎口氣，說：「這種東西，不見比能見好。」

大姐大這次沒有否認。

此時一道聲音從阿仁身後傳來，問說：「她沒事吧？」

大姐大越過阿仁看見了靜，立時往後退了幾步，道：「你別過來！」

「我……」靜感受到被鄙視的目光，丟下一句「對不起」就轉身跑開。

「呵！這種妖怪怎麼可以留在學校？」大姐大心有餘悸地皺緊眉頭，「我必須告訴老師——」

大姐大突然停了嘴。大概醒覺到即使對大人們說出她的經歷，他們也不會相信吧。她望向阿仁，蠻橫說道：「你負責趕走她！」

「什麼？」

「是你招惹來的吧？」大姐大趨前，逼問道。

「不，不是我。」阿仁吶吶回道。

「總之，只有你可以看見它。」大姐大挑起了眉，霸道地說：「你有責任把這種怪物趕走。」

阿仁覺得挺無辜，但仔細一想，又覺大姐大的話不無道理。

「我……不知道能不能趕走它，不過，這不是靜的錯。」

「靜？靜是……哦，是那個轉學生？」

「嗯。」

「不是她的錯難道是我的錯？嘿，好笑！」大姐大不以為然地扯了扯嘴角，「是妖怪就要趕走！不能讓她危害人類，不是嗎？」

阿仁看著正義凜然的大姐大，呼了口氣。既然如此，你去趕走不就行了？但他沒有說出口。他不習慣對他人吐槽。

「靜不是妖怪，附身在她身上的蛇靈才是妖怪。」阿仁解釋道。

「總之我不管誰是妖怪，你要負責把妖怪趕走！」大姐大露出一貫的蠻橫表情吩咐道，就像對著她那班小嘍嘍頤指氣使的首領姿態。

阿仁覺得大姐大實在蠻不講理，奈何又無法坦然拒絕。

雖然他沒有本事除掉蛇靈，但他可以叫神幫忙，不是嗎？

只是開個口求神幫忙，對他來說實在是輕而易舉的事。如果連這樣他都推辭，豈不是太自私、太無人性？

或許這就是他的使命。阿仁想。反正不用他去面對蛇靈，應該不會惹禍上身吧？

8・惹禍上身

由於心中懷著恐懼，上課時間慢得讓阿仁憂慮難當。他不時望向窗外，耽怕蛇靈再次作怪。

阿仁間中有藉故走去靜的課室外探頭探腦地窺看靜的舉動。靜很用心聽講，神情恬靜、安寧。看來蛇靈沒有附著在她身上。

終於平安無事地挨過上課時間。

放課鈴聲一響，阿仁立即從位子上彈起來，閃身離開課室。他要趕在靜發現他之前去神廟。

誰知阿仁剛走到校門口就被大姐大拽住身後書包，被迫停下。

「想死啊?怎麼不等我？」大姐大大概是追著跑來的，直喘著氣，面容惱怒。

「呃，等，等你做什麼？」阿仁丈二金剛摸不著頭腦地望著大姐大，語氣因畏懼而吞吐起來。

「還用說？當然是去除妖啊！」大姐大說著，盡顯義氣兒女的豪邁氣概。

「呵？你不是要我負責除妖嗎？」

「沒錯啊！不過，你這麼弱，我——」大姐大沒再說下去，顯得不自然。

「你是……要幫我一起除妖？」阿仁斟酌著說出。

「唉！總之，我想跟去看看。」

阿仁發現大姐大很喜歡說這類總結句型。總之，她想怎麼樣就怎麼樣；總之，別人必須怎麼樣怎麼樣云云。

「你不怕——嗎？」阿仁問。

「怕？……」大姐大皺了皺眉，說：「呵，我不喜歡怕這字。總之——」

又總之了。阿仁想。她一天到底會說多少次總之啊？

「去了再說吧。靠你的話不知道行不行。」

大姐大露出不放心的神情。

說到底大姐大就是不相信他吧？既然如此何必吩咐他除妖？阿仁不禁呵口氣。

算了。他不想與大姐大爭辯，她愛怎麼想就怎麼想吧。反正他在同學心目中一向是存在感極低的沒用怪胎。

◆

大姐大跟在阿仁身後不斷催促阿仁。阿仁被催得煩不勝煩，甚是不悅。這大姐大，要不是為了幫助靜，他才不買她的賬呢。

阿仁嘟囔著繼續往前走。

一抵達神廟，大姐大立即嘀咕不停。

「這什麼神廟啊？這麼髒亂，沒人清理嗎？這木頭都快爛了，會不會突然塌下來啊？……」

「如果你不想進去就請回吧。」阿仁終於受不了大姐大的囉哩囉嗦，鼓起勇氣說。

「哦……為了除妖，只好委屈一下咯。」大姐大說著，率先步入神殿。

阿仁沒好氣地跟在她身後走進神殿。

神殿內一名老伯在清掃外頭吹拂進來的落葉和滿地的泥塵。大概昨夜颳風下雨外頭的泥沙都湧進來了。

打掃的老伯是這家安平神殿的住持鄧伯，他年事已高，髮鬢斑白，身子微微佝僂著在緩慢移動掃帚。

由於平時沒什麼人來祭祀添油，阿仁極少在神殿碰見鄧伯。興許鄧伯都在神殿內寺休息吧。

鄧伯見有人進來神殿，卻頭也不抬地繼續掃地。大概看得出阿仁和大姐大不是來添油點香。

「喂，來這裡做什麼？」大姐大很快地走了一遍神殿，困惑地問阿仁。

阿仁沒有回答她，逕自走到神像前，閉上雙目雙手合十，準備祈求神的幫忙。

「原來是來拜拜啊！我還以為你要找誰幫忙。嘖！」大姐大說著撇了撇嘴。

阿仁瞟大姐大一眼，不理會她，開始祈求。

「安平將軍，請你將靜身上的蛇靈除去，不要讓它出來害人……」

阿仁專心地祈求神，大姐大嘛著嘴在殿內隨意溜達，走到旁側的一個老舊櫃子，無意中用手掃去其上的塵埃。

塵埃掃除後現出亮麗的雕花漆畫，上面雕畫著美麗的菩薩靜坐於蓮花湖畔。大姐大愣了那麼一下，也不問過鄧伯，拿了置於牆角的小掃帚，為其他櫃子和牆壁去除塵埃。

大姐大越做越興奮，還到院子拿了一塊爛抹布擦拭牆壁桌櫃，見到被她抹過的地方煥然一新、顯現出原本的鮮豔色澤，她滿足地揚起嘴角。

這邊廂，阿仁還在專注祈求，神卻遲遲不出現。

阿仁盯著安平菩薩的神像，忍不住開口道：「安平將軍你是不願出來嗎？還說什麼我是你承認的契子，需要你的時候就會出來！哼！」

阿仁不悅地鼻孔噴氣，安平神像還是木然地立於他跟前，一副穩如泰山的莊嚴姿態。

「呼！明明就是你要我來找你——」阿仁還想罵，這時瞥見鄧伯驚異的眼神，赫然噤聲。

平常人見到他對著神像如此說話，肯定認為他精神有毛病吧？

阿仁不再多說，過去叫喚熱衷清理的大姐大：「走吧。」。

誰知大姐大氣惱地甩掉阿仁的手，說：「你先走。我待會兒再走。」

接著大姐大過去拿起抹布繼續擦拭神廟。

阿仁實在不理解大姐大是什麼心理，怎麼突然那麼熱衷清潔神殿？

「你轉性了？」阿仁脫口問道。

這時「大姐大」滿臉紅光地望向阿仁，露出欣喜而滿足的笑臉，說：「好久沒有讓家裡那麼乾淨了。」

阿仁一聽，赫然張大著嘴，吶吶地說：「你，你……」

「大姐大」見到阿仁驚訝的模樣，怕他說出什麼，只好放下抹布，過來說：「唉！走吧，走吧。去你家。」

阿仁不能置信地問：「你？來我家？」

「是啊！不行？」

「不……可是你樣子是大姐大——」

「唉，走啦！」

「大姐大」推著阿仁走出廟宇。

鄧伯看得莫名其妙，呵口氣道：「現在的年輕人，唉。真不曉得他們在搞什麼。」

鄧伯搖搖頭，望見那一塵不染的櫃子和牆壁。

「雖然古古怪怪，但他們偶邇來還是不錯的。」

鄧伯滿意地冉了冉下巴的斑白鬍子，走進內殿去了。

9・神明大姐大的甜食誘惑

「你竟然附在大姐大身上？」阿仁一出廟宇立即追問「神明大姐大」。

「呵。一般上神是不會輕易附著在生物身上，也儘量不干涉人類的生活。」

「那你為什麼……」

「神佛也有無可奈何的時候。比如你剛才帶這個人，」神指著自己，「你帶她去廟裡，是想讓她知道你能看見神嗎？」

「呃，不，我不是故意要帶她去，是她自己要跟來——」

「總而言之，你能見神的事，是不能隨意洩露出去的。在無計可施之下，我只好附在她身上了。以後不要再這樣了。」

「神明大姐大」一副曉以大義的姿態。

阿仁確實理虧，只好附和地點點頭。

「神明大姐大」和阿仁就這麼一前一後地走向阿仁家的路線。

阿仁走著走著，突然又停下來，「神明大姐大」差點就撞上他。

「怎麼了？」神明大姐大問。

「你說……神佛是不輕易現身的，對吧？」

「嗯。」

「也不輕易干預人類生活？」

「是。」

「那蛇靈會隨便危害人類嗎？」

神明大姐大一副問得好的神情，說：「這問題不錯。證明你有在思考。」

神明大姐大想了想，說：「蛇或妖一般不會隨便害人，除非那人類自己要求或他身上發出了黑氣。」

阿仁有聽沒有懂，傻乎乎地問：「有人類會要求蛇妖來害他？」

「當然不是直接想要蛇妖來害他，而是那人有不好的想法和念頭。比如某個人想得到榮華富貴，他有求於靈界的生物來幫他。」

「哦，所以如果人類有求於靈界生物，得到了他想得到的東西，相對的，他就會失去性命，是吧？」

「嗯，也不一定失去性命，靈界生物要的是人的身體或靈氣。可能就佔據在人類身上，而被靈界生物佔據的身體，一般都會漸漸衰萎，最後病倒或死去。」

「哇，好可怕！」阿仁想像著靜逐漸衰萎成骨瘦如柴的老人，心中一顫。

神明大姐大眯著眼靠過來，說：「這不是最可怕的呢。」

「還，還有什麼最可怕的？」阿仁吶吶地問。

神明大姐大呵口氣，道：「有一種處於修羅道的靈界生物，它們很喜歡吃人。」

「什麼？吃——」阿仁驚得牙齒都打冷顫。

「目前修羅道靈體很少會上來作怪。暫時不用擔心這個啦。」神明大姐大頑皮地朝阿仁眨了眨眼。

「幸好，呵。那靜的情況呢？」阿仁問。他心理還是記掛著靜的安危。

「靜啊……這女孩很特別。她跟你一樣有天眼，不過和你不在同一個層次。」

阿仁聽不太懂神明大姐大的說明，不過也沒想太多，現在他腦海中盤旋的都是靜的事。

「蛇靈為什麼要附在她身上？她也有求於蛇靈嗎？」

「不。她身上有一股很濃的黑氣。那黑氣裡面充滿了怨恨。這應該是她自身帶來的。」

「什麼意思？」

「很多人都是帶著業力來到這一世。也就是說，靜是一出世就帶著黑氣團來的。」

阿仁有聽過佛教釋義中講帶業往生，比如有些人帶著善業轉世，來到這世上時家境富裕天資聰穎，而帶著惡業轉世的，則生於貧苦之家、受盡各種折磨和不如意。

「這樣說來，靜帶著黑氣來到這世上，是她前世做了不好的事？」阿仁問。

「可以這麼說吧。」

「那不是無法化解？」

「嗯……神無法隨意幫人類化解業力。不過，驅趕蛇靈倒是可以。」

「真的！」阿仁喜不自勝地笑起來。「那你快點幫她趕走蛇靈吧！」

神明大姐大瞪著阿仁，歎氣道：「你還真喜歡多管閒事。」

「助人為快樂之本啊！你們神佛不都慈悲為懷嗎？」

「我剛才不是說了，神佛是不能隨便插手人間事的。不過，這蛇靈也太過分，我不除它，也會有其他神來收它！」

神明大姐大說著捏緊雙手，鼻孔冒煙，一副馬上要跟人幹架的模樣。

阿仁不禁搖頭，道：「你簡直就是大姐大的化身，個性都一樣那麼火爆。」

神明大姐大怒目橫眉，意氣風發地揚起頭來，說：「哼！我可是人人景仰的安平將軍啊！火爆是我的專利。」

一轉身，神明大姐大又像個綿羊般溫馴，說：「呵呵。怎麼可能。想我安平將軍成佛已久，所有戾氣早就化為烏有。現在我只是個守護著烏嶺鎮的神明。」

面對一下火爆衝動一下溫婉有禮的神明大姐大，著實令阿仁不知所措。他愣然杵在那兒，不知道該怎麼回應她。

神明大姐大覺得阿仁頗逗趣，人又老實。她哈哈大笑，拉起阿仁的手匆匆往阿仁的家走去。

阿仁整張臉陡地漲紅。除了父母小時候拉過他的手，他已經好久沒感受過被人牽著手的滋味，何況是被女生拉著？唯下一秒阿仁就發現完全不是害羞的時候。神明大姐大用她奇大無比的蠻力拉扯他，阿仁顛簸著倉促前進，淒慘如被拖曳的刑犯。

幸好路程不遠，阿仁家很快就到了。阿仁被鬆開手的那刻，大大地鬆了一口氣。

進到阿仁家，神明大姐大毫不客氣地平躺於客廳沙發上，儼然當自己是這家的主人。

「你到底是來商量怎麼對付蛇靈還是來我家休息的？」阿仁忍不住喝斥道。

神明大姐大見阿仁如此惱怒，這才坐起身來，說：「別著急。蛇靈可不是一般人類，哪裡會這麼容易現身讓我捉它？」

「你，你要捉它？」

「上天有好生之德。想它也是修煉了千年的靈體。要隨便這麼滅了它，委實有些殘忍。」

「那你……要捉它去哪裡？怎麼捉？」

「這個嘛……」神明大姐大眼神凌厲地掃向阿仁。

阿仁倒退兩步，吶吶地說：「不，不要叫我去捉……」

「放心，絕對不是叫你去捉它。你只需要負責引它出來。」

「呵？引它？」阿仁驚愕地靠向牆角，「不，不，萬一一個不小心被它附身了怎麼辦？」

神明大姐大呵口氣，搖頭歎息道：「唉！想不到你這契仔如此膽小無用。」

阿仁雖常遭人忽視，但被這麼直接地說沒用倒是第一次。最讓他生氣的，是他無法反駁自己並非懦弱膽小。他確實是個膽小怕事者。

「我，我就是沒用！是啊！我沒用！」他賭氣地乾脆盤腿坐在地上。

「你——確定不幫忙？」

「不是我不幫，是不會幫。我太沒用了！是無用的垃圾，還是不可循環的萬年垃圾！什麼事都做不到！」阿仁氣鼓鼓地說，到台桌下拿了本漫畫，回到牆角背對神明大姐大逕自看起了漫畫。

神明大姐大傻眼看著窩在角落看漫畫的阿仁，眯著眼尋思該怎麼規勸他。

人類就是麻煩，又不是要他去送死，做這麼點小事還得讓我大費周章，唉。神明大姐大撅撅嘴，皺起了眉頭。

「這小子明擺著不肯幫忙引出蛇靈，即使我要捉它也無計可施啊。」

神明大姐大睥睨地瞪著阿仁。不知道是不是附身在脾氣暴躁的大姐大身上被她影響，神明大姐大感到渾身發熱，怒氣就要升騰。終於，她忍下怒火，氣衝衝地開門出去。

阿仁瞥見神明大姐大出去了，探頭探腦地走到大門張望。沒看到人影。

「真的走了？」阿仁扁扁嘴走回客廳坐下。

「我確實很膽小無用……明知可以幫靜驅除蛇靈，卻不敢引它出來……」

阿仁雖膽小，但內心仍是擔憂靜的。他對自己的無用和懦弱感到坐立不安。

他拿起漫畫書翻閱，翻完整本卻什麼都沒進腦。阿仁歎口氣闔上書。

他是不是應該放膽去做？

「有神明在我身畔，估計不會有什麼危險吧？」

阿仁說著，赫然發現一個事實。他不知道什麼時候開始，所想所說竟然有點兒文縐縐，怪裡怪氣的，和平時的他差別極大。

難道是因為碰見神明的關係？阿仁感歎著，長吁口氣。

肯定是被這安平將軍影響了，否則我也不會這麼陰陽怪氣，像個古人一樣說話。

「算了，現在也不是想這個的時候。」

思來想去，阿仁都覺得自己不能推託責任，他站起來想去找「神明大姐大」，但去到門口才發現不曉得怎麼找。他根本不知道她去了哪裡。

阿仁在門口愣了好一會兒，洩氣地走回屋裡。

他轉過頭隨手關門時，驚見神明大姐大不知何時立於門後邊！

阿仁嚇得大叫一聲，跌坐於玄關。

「你，你什麼時候進來的？」阿仁驚異地問道。

「就剛剛啊！下次別忘了把後門鎖上哦。」

神明大姐大說著，露出別有意圖的笑臉。阿仁注意到神明大姐大手中捧了個小小的精緻盒子，裡頭飄出的香氣混著芒果的甜香和香草的清香。

「這，這是什麼？」阿仁咽了下口水，問道。

「這是你最喜歡的香草芒果奶油泡芙。是小鎮上最著名的洋果子店售賣的新品。遲去了可買不著呢。」神明大姐大慢條斯理地解說。

呵？那家洋果子店是我老早就想去但一直不敢去的店啊！阿仁心想著，又咽了下口水。

「怎麼樣？只要引出蛇靈就賞你。」神明大姐大說著，將盒子趨近阿仁鼻子前方再移去身後吊阿仁胃口。

「你……怎麼知道我喜歡吃這個？」阿仁吶吶地問道。

「嘿，有什麼是神明不知道的？」神明大姐大狡猾地挑了挑眉。

這，這太不公平了！怎麼可以利用神明的力量窺見我的弱點？太卑鄙了！阿仁氣得牙癢癢，但偏偏就是抵受不了甜食的誘惑……

阿仁貪婪地聞著泡芙香氣，幾經掙扎，終於選擇了妥協。

「好。我去引它出來。不過，先在此聲明，我絕對不是因為這個泡芙才去，我是為了幫助靜才答應你。」

「好，好，好。不管怎樣，你答應就行了。」神明大姐大得意地說。

「哎，慢著。你是怎麼知道我特別喜歡吃香草芒果奶油泡芙的？」阿仁突然想起這個問題。是啊，他喜歡甜食到不可救藥的地步，但喜好香草芒果奶油泡芙可是連他家人都不知道的事啊！

「這你就甭問。神有什麼事是不知道的，你說？」

阿仁皺眉道：「別想就這麼糊弄過去。」

「好，給你個提示。還記得你以前跑到我的神殿玩躲貓貓的事嗎？」

「躲貓貓？」阿仁思忖，全然不記得有這回事。他擰了擰頭。

「那你自己去想吧。我可是給了你提示。」

神明大姐大說著，將裝著美味泡芙的盒子提到冰櫃內放好。

「走吧。」神明大姐大說。

「不是吧？現在就去？」

「不然你以為要等到幾時？等到靜被整死才去？」

呼！阿仁按捺住心中的憤懣，跟在神明大姐大身後出去。

「這神怎麼這麼愛吐槽？祂到底是什麼神？」

阿仁突然想到可以上網google下這安平將軍到底是何許人，做過什麼豐功偉業，是什麼原因去世。

「或許可以查到祂的弱點呢……」阿仁暗自竊喜。

「你在想什麼？」神明大姐大睨著阿仁，似乎洞悉他的想法。

「哦，沒，到底要怎麼引它出來，你沒有說清楚。」阿仁吞吐地說。

「其實就是……」神明大姐大附在阿仁耳邊說了幾句話，阿仁打了個冷顫，差點想走回頭路。

「哎——既然答應要做就絕對不能臨陣退縮！這是身為一名男子漢最基本該具備的吧？」

神明大姐大拉扯阿仁的衣領將他拽回來。

阿仁無計可施，心想：都什麼年代，誰還要做那種硬邦邦的男子漢？但神明大姐大就在身側，想從祂身邊溜走是絕不可能辦到的事。只好硬著頭皮上了。

10 • 飽含執念的惡靈

阿仁與神明大姐大來到靜的住所前方。

這是一幢獨立式排樓，院子很大，屋子看得出來有段時日，紅褐色牆漆也斑駁脫落。這屋子雖則殘舊，卻勝在設計典雅，具備六、七十年代的雅痞房式。可惜四周布滿雜草，車房也堆滿雜物，乍看下就是個聳立於亂草堆中的古舊鬼屋。

「這，這麼恐怖的屋子，不被那種東西纏身都難吧！」阿仁抖著聲說。

其實，阿仁發現了屋子上方被一股黑氣團團圍繞著。興許這個家從以前就積滿了怨氣。

「你也看得見吧。」神明大姐大坦然地說，「很多時候業力是可以幾代人延續下來的。」

阿仁聽了更是兩腳上了釘子般，動彈不得。他壓根兒不想走進這樣的家，更不想和這家人有什麼接觸。

「再怎麼樣都是要面對。進去吧，阿仁！」神明大姐大提醒他，第一次喊了他的名字。

阿仁不知為何覺得「神明大姐大」和他有著很深的羈絆。他無助地望向神明大姐大，似乎祈求祂的陪伴。

「放心，我會在這裡等候。一有什麼動靜我立刻過去幫你。」神明大姐大溫和地說。

阿仁走了兩步又回過頭說：「你真的不能陪我進去？」

「都說了。不能『打草驚蛇』。」

阿仁瞥一眼古屋，深吸口氣，卻還是躊躇不前。

「唉！你已經兩次召喚我來對付它，蛇靈對你有防備之心，絕不敢輕易對你動手的，別怕。」

神明大姐大耐著性子勸慰阿仁。阿仁這才邁開腳步，推開布滿鐵銹的籬笆門，走進雜草高聳的古屋。

阿仁走到古屋本體滾著繡花紅邊的淡黃木門，朝內喊道：「靜！你在嗎？……靜！你在不在？」

阿仁的聲音透著懼意，微微顫抖。

靜默了一陣，屋內似乎響起了些騷動，接著，木門開啟了。靜站於門口，露出驚訝的表情。

「阿仁？」

阿仁搔搔後腦勺，尷尬地說：「我……能進去一下嗎？」

「你確定要進來？」靜不能置信地問。

「如果可以，我也不想進。」阿仁心想，但他當然沒說出口，他問：「你家裡有什麼人在？」

「哦，我外婆出去了，只有我外公在房裡休息。」靜頓了頓，再補充一句道：「外公他身體不好。」

「我不會打擾到你外公，只是有些事想問你。」

「那……好吧。」

靜往裡開了木門，讓阿仁進屋。

阿仁環視屋內。牆壁四周上方設計了雕花通氣孔。這是舊式房屋的巧思，讓風從縫隙中流動，以解熱帶房屋的濕熱。

面向大門的牆壁掛滿了靜家裡的黑白祖先照片。桌椅和櫥櫃古樸陳舊，大概可以收進博物館當文物了。連地上的瓷磚都是四方小格子綠藍相間的舊款式。

阿仁不禁想，不愧是有歷史的屋子。令人有一種遁入時光隧道，回到五、六十年代的錯覺。

阿仁邊走邊觀察屋子，還讓他發現了一樣鐃有趣味的古董——留聲機。

那銅色留聲機像照片中見過的那樣，形狀如剛盛開的喇叭花，他禁不住好奇問道：

「這留聲機可以『唱』嗎？」

靜聳了聳肩，說：「我不知道。」

「不知道？」

「嗯，我真的不知道。」

靜說著，招呼阿仁坐於灰藍色麻布套的三人座籐椅上。

「我很少來外公外婆家。即使來，也沒過夜就走了。現在雖然搬來了，也沒心思去看這些東西。」

靜望了留聲機一眼，在阿仁對向的籐椅坐下來。

「哦。」阿仁應了一聲，陡然正襟危坐起來。他想著該如何開口問她。

「呃——你……是不是真的可以看到那些東西？」

本想著婉轉一些問她，沒料到一開口就說去重點了。

阿仁問出口後愕然噤聲。這問題那麼敏感，搞不好立刻就引發了靜尋死情緒，把灰黑氣團聚集起來，引來了蛇靈。

安平將軍要我慢慢引她講出來她的事啊，我真是太笨拙了。阿仁責備著自己。

於是阿仁焦急地勸慰靜道：「其實那些東西也沒什麼大不了的，就是另外空間的靈體而已，不要把他們當一回事兒，就不會覺得難過——」

阿仁捂住自己嘴巴。

「怎麼越說越糟？本來不難過都會被我引去難過的方向……」阿仁心中暗罵著，簡直想將自己嘴巴縫起來。

靜這會兒卻顯現難得的平靜。她凝視桌子上的古樸雕花瓶子，讓自己專注於花瓶那漂亮的雕紋上。

半晌，她開口道：「我媽很早以前就對我說，我是個與眾不同的小孩。當時，我還不能理解母親說這話的含義。」

靜抬頭看著阿仁，展開一個苦笑。

「其實母親已經非常包容我。我說出的話常常嚇壞鄰居。曾有一次，鄰居家的叔叔因為我看見他身上有灰黑氣團而意外喪生，自此之後，鄰里間看到我們一家就像看見了怪物一樣。」

靜緊皺著眉頭，困難地吐出：「有一些孩子拿石頭丟我們。我在學校也遭來白眼。為此，父親也辭職搬家，讓我轉學去其他學校，但厄運沒有離開過我們。我總是被標籤為不祥之人。遇見我的人，都會交上厄運，甚至死亡。」

「我總是不小心說出一些事，讓人們對我們避而遠之。」

「有我這樣的孩子，是我爸爸媽媽的不幸。因此在我懂事以來，我就巴不得自己不存在於這個世界上。我想過尋死，但是父母親的關愛，讓我一次又一次不捨得離開，也失卻了求死的勇氣。」

「我是帶給我家人不幸的罪魁禍首，我不應該留在這個世界，對嗎？」靜問阿仁。她身後微微凝聚了稀薄的灰黑氣團。

阿仁不知道該怎麼回答她。具有這樣的天眼，是個悲劇。是靜和她家人的悲劇。阿仁無法輕易地安慰靜，因為沒有靜的世界說不定對靜的父母比較幸運，可是靜的父母能那麼包容靜，是阿仁一直盼都盼不到的。

說到底，靜是比他幸福的。至少，她有能包容她的父母在身邊。

他只有孤獨一人。孤獨的一個人。

阿仁想著想著，感傷起來。

「想死的，應該是我才對。」阿仁說。

靜聽到阿仁這麼說，頗感訝異，身後剛凝聚起來的灰黑氣團又消隱去了。

阿仁稍稍安下心來，但又矛盾地責備自己：「我怎麼反而讓灰黑氣團消去了？我要記得我的任務啊。」

「你是在安慰我嗎？」靜說。

「當然不是。我沒辦法安慰你。你和家人的處境是我不能比擬的。你有你的悲傷，我也有我的悲傷。我們都是背負不幸命運的人。」

「呵，我們算同是天涯淪落人——吧？」靜說，無奈地抬眼望他。

的確。他們是同病相憐的不幸者。這種被他人理解的同理心阿仁第一次感受到。他得到了些許安慰。

阿仁深吸口氣，更堅定了意志，他想：「我必須幫助她。」

阿仁望向四周，道：「這裡……住著其他『人』，對吧？」

靜抿了抿嘴，微微頷首。

「呵，這樣啊……」

果不其然，靜的家人從祖輩開始，就被一些靈體糾纏。不只是靜，靜的祖先中也有和靜一樣體質的人。

而通常這種吸引靈體的體質總是會招來靈體，引來死亡的氣息。因此阿仁未進屋子前，就看見這祖屋彌漫著巨大的黑氣團。

「你外公或者外婆是否也看得見？」

靜晃晃頭，說：「不。是外公的母親看得見。我母親很小的時候就看過她的外婆被靈體附身，因此母親對我的特異體質很快就接受了。」

「原來如此。」阿仁想，「想來安平將軍說靜的祖輩累積下來的業力，從她母親外婆那一代就已經顯現。」

靜突然瞪視阿仁，語氣不安地說：「你到底問這些來做什麼？」

阿仁不曉得怎麼回應，支支吾吾地說不出話。

「你——是想來幫她消除我們？」

阿仁傻愣地看著眼前的靜。她的聲線驟然沙啞陰沉，顯而易見地，靜已被這屋子的靈體附身！

「你——是誰？」阿仁戰抖著問：「你不是蛇靈，對吧？」

「嘿！那種陰險的醜陋東西，如果不是看在它夠壞，我早就把它趕走！」靜眯著眼說。

「我看不是吧？」阿仁扯了扯嘴角，說：「是你根本沒辦法趕走蛇靈！你沒有這個本事！」

靜頓顯難堪，接著惱羞成怒，朝阿仁怒吼：「我是沒本事！可是我也不想趕走它！」

靜的眼神射向牆上的黑白照片，幽幽地說：「這家主人以前欠下我的，可是比這些還要痛苦幾百倍。我要他們償還，即使是他的子孫也不能倖免！」

眼見靜被氣勢凌人的惡靈附身，阿仁怕得魂不附體，他想奪門而出，奈何雙腿卻不聽使喚。

阿仁牙齒打著顫，心想：現在可好，沒有引出蛇靈，倒是引了個惡靈債主來了。怎麼辦？該不該叫神來救他？可是神不是說不能打草驚蛇嗎？

「怎麼了？怕了我是嗎？」一臉陰沉的靜繞著阿仁轉圈，冷笑道：「膽子這麼小就別來多管閒事！」

「不，我……才不怕你，只是……」阿仁口說不怕，但聲音不斷戰抖。

「只是什麼？」靜厲聲問。

「只是……」阿仁吶吶吐不出話。情急之下，阿仁突然想起之前看過的一部漫畫，其中提到：只要放下心中仇恨，就能解脫而再次投胎轉世。於是他脫口說道：「放下仇恨，你才能早日投胎。」

「放下？你叫我放下？」靜突然露出猙獰面孔，大喊道：「我曾經因為他而被凌虐致死，要如何能放下？你說！你說～」

面對朝他咆哮的「惡靈靜」，阿仁整個人戰慄得抱頭蹲下，心中不意叫了聲：救我！

「砰」地一響，木門被踢開來。

門口站著個人。在日光照射下，那人的剪影滾上一層金邊，閃閃發光。

阿仁赫然呆望著那鏡有氣勢、宛如正義化身的剪影，心中吶喊道：神明大姐大！

此刻的阿仁不禁感動得快蹦出淚水，脫口呢喃道：「得救了！謝謝你來了！」

神明大姐大沒有心思理會阿仁，她凌厲的眼神瞄向「惡靈靜」。

惡靈靜驟見「大姐大」，往後退了幾步，沒了之前的囂張氣勢。

「別在這裡撒野！滾回你應該去的地方！」神明大姐大踏步進來，朝惡靈靜呼喝。

「即使是神明，也不能這麼欺負我！」惡靈靜執拗地瞪回神明大姐大。

「我欺負你？你自己說，在這家子撒野多久了？」

「不能怪我。一切都是他們祖輩負了我。況且，我也沒對他們怎麼樣，就是偶爾製造點負面氣氛，是他們自個兒老窩在家裡，窩出病來！」惡靈靜說。

「那現在你看見了。這家主人剩下半條命，孫女也被蛇靈纏上，你還眷戀這裡的什麼？」神明大姐大咄咄逼人地問惡靈靜。

「我……我就是習慣在這兒了。」惡靈靜的眼神依戀地飄向那喇叭花般的留聲機。

神明大姐大挑了挑眉，道：「你——歡喜那留聲機？」

惡靈靜顯然被說中心思，慌亂地答道：「不，不。我並不是迷戀那東西。想我以前唱的歌，通過這玩意兒播放出來，是多麼的響亮悅耳，繞梁三尺……」

聽到這兒，阿仁暗忖：「這惡靈喜歡唱歌？難道她是歌女？」

他站起來，喏喏地對神明大姐大說：「我想她是沒有惡意的……」

神明大姐大犀利地瞅了阿仁一眼，道：「你倒同情起這惡靈來了。」

「不是，我只是想……她是否有什麼……想做的沒做而已。」阿仁吞吞吐吐地，終於表達出心理的話。

神明大姐大沉著地呵口氣，目光掃向惡靈靜。惡靈靜瑟瑟縮縮地，似乎非常耽怕惹惱神明大姐大，移步倚靠向留聲機，就像那留聲機是她的避風港。

「呵，好吧。你說，你是不是有什麼想做而沒做到的？」神明大姐大問她。

惡靈靜幽幽地思索著，半晌才說：「我……不能忘記那個人。」

「哦？那個人是誰？姓啥名啥？住哪兒？是你的什麼人？」神明大姐大拋了一連串問題。

惡靈靜此刻居然露出微微羞澀的面容，含著笑意說：「他是鎮上的教書先生，他們家與我們家是世交，我和他青梅竹馬，原本兩情相悅，可惜造化弄人。」

她呵口氣，娓娓道來：「當年祖國戰亂不休，人民受戰火摧殘……」

阿仁插嘴問道：「祖國？你的祖國是——」

惡靈靜皺了下眉頭，答道：「祖國當然是指中國大陸。我們的祖先都是從大陸遷徙

來這兒。我們體內留著中國人的血魂，見到祖國被日本鬼子踐踏，怎能忍受？於是，他為了拯救祖國，毅然參與了華僑復國義軍，遠赴祖國打日本鬼子，而後……就沒有了音訊……」

「他失蹤了？」阿仁忍不住又插口道。

惡靈靜晃了晃頭，說：「我不知道。我去過他們家問，總是問不出個所以然。有人說……他戰死了，也有人說，他搭的船遇到船難，屍沉海底。可是我不信！」

「沒有見到他的屍首，我絕對不相信他已經死了！他——一定還活著。」惡靈靜說著，眼中竟噙著淚水。

「唉，即使活著，現在也死了。」阿仁說，卻招來惡靈靜的瞪眼。

「總之，你就是想知道他當年有沒有戰死異鄉或是遇上船難，對不對？」神明大姐大問。

惡靈靜猶疑地點了下頭。

「那不簡單？只要你說出他名字，我倒可以幫你『看』一下。」神明大姐大做出冉鬍子的動作說道。

惡靈靜馬上破涕為笑，撲到神明大姐大跟前跪下，道：「謝謝你！謝謝你！」

阿仁覺得這惡靈頗誇張，居然跪下道謝。

「難道以前的人很『興』跪下求饒？」阿仁猜測著。

「別那麼快道謝。說吧，那人的名字、年齡、出發日期。」神明大姐大說。

「哦，是，是。」惡靈靜唯唯諾諾地，說：「他叫雲仕雍，當年二十五歲，船期是一九一七年二月二十八日。」

神明大姐大閉上雙目，氣定神閒地入定起來。

阿仁等在那兒，沒事幹，兀自思索推敲。

「那麼年輕就選擇報國，真是英勇。不過，一九一七年……應該是第一次世界大戰的時候吧？那時候我的曾祖父母移民來馬來西亞了嗎？他們那時候是逃難來的還是被賣豬仔賣到這裡？」

阿仁對祖輩那代的事不禁起了好奇之心。

「改天有機會要問問祖父和祖母他們爸爸媽媽的事……」

正想著，神明大姐大陡然睜開了眼。

惡靈靜緊張地咽了口水，等候神明大姐大的回答。

「我看見他，還有……」

「還有什麼？」惡靈靜馬上問。

「哦，沒什麼。他後來有回國。」

惡靈靜立即展現欣喜的歡顏，道：「呵呵！我就知道他會沒事！太好了！太好了！」

她喜極而泣，眼中流著感動的淚水。

「現在你可以放下這個執念了吧？」神明大姐大問。

那麼多年的執著終於得到了答案。惡靈靜沒了之前的戾氣和怨恨，眼神逐漸澄淨而溫和。她閉上眼，慢慢沉澱心情，當她再次睜開眼時，整個人脫胎換骨般，宛如溫柔委婉的大家閨秀。

原來一個人的執念，可以讓人變得如此醜陋難看。而當那執念化解後，面容陡然變回清新脫俗。這是阿仁從惡靈靜身上看見的轉變。

「謝謝你幫我從地獄般的執念解脫出來。我會離開她。」惡靈靜淡然地說。她口中的「她」，顯然就是靜。

惡靈靜擦去眼淚，慢慢挪動著身子，朝向大門走去。

她突然回過頭來，問：「他後來怎麼樣了？」

神明大姐大頷首，說：「他很好。他回到本地落戶，有了子嗣。」

「哦……那就好。那就好……」

惡靈靜走到留聲機旁，再一次轉過頭，說：「我能再聽一次自己的聲音嗎？」

神明大姐大看了阿仁一眼，阿仁的眼神是希望她應允。

神明大姐大呵口氣，道：「好吧。」

惡靈靜歡喜地從靜身上跳脫開來，阿仁瞧見一個身型嬌小長相可愛的女子影像滲進留聲機內。不一會兒，留聲機自動回轉，唱針上沒有黑膠唱片，卻悠悠地傳出委婉動人的細膩歌聲。

那歌聲清新典雅，曲子委婉動聽。阿仁彷彿進入了時光隧道，來到女子所在的世界……可惜才一會兒附著於留聲機的女子靈體即從大門飄散開去。那委婉的歌聲也漸漸消隱，像被吸進了時空的縫隙，永遠地靜默無痕。

靜楞在那兒好一會兒，終於醒轉過來。她看到阿仁和神明大姐大，訝異地問：「你們怎麼在這裡？」

神明大姐大說：「沒事。改天再來找你。」

說著神明大姐大就拉了阿仁走出大門，留下呆愣的靜。她眨一眨眼，發現眼角藏有淚水。她擦去淚痕，一臉茫然地杵在原地。

11・除妖善後

出了籬笆門，阿仁甩掉神明大姐大的手，問道：「那惡靈去了哪兒？」

神明大姐大皺眉，道：「你要知道這些做什麼？總之，她的怨氣已經消散，是時候去投胎了。」

「原來真有投胎這回事啊？」

「當然。不過不是你想像的那樣。」

「你又知道我怎麼想？」

「唉，世人所想不都是差不多那樣，喝了孟婆湯抹去上輩子的記憶，過了奈何橋就投胎去。」

「難道不是嗎？」阿仁睜著眼好奇地問。

「這種事很難跟你說明。在上的大佛一個意念，可以讓整個世界發生巨大變化，不是三言兩語可以交代得清。」

「哼。又敷衍我。」阿仁冷哼一聲說。

「唉，你不信就算了。我也不想多費唇舌跟你多說。」

神明大姐大踏步走開。

阿仁追上她，問道：「你真的看到那個惡靈等待的人了？剛才你吞吞吐吐的，是不是還看到什麼？」

「呼！你還真八卦。」神明大姐大不禁噴氣於額上的劉海。

「人類原本就是愛八卦的族群，快說給我聽吧。」阿仁不亢不卑地說。

神明大姐大停下來，扁了扁嘴，道：「好吧。我……看到他和另一個人一起。」

「另一個人？誰？」阿仁急忙問。

「一個綁著辮子的女人。」神明大姐大說，眼神遊移不定。

「女人？她是誰？」

神明大姐大聳肩道：「我怎麼知道？」

「你是神，怎麼可能不知道？你快說啦！」阿仁拉著神明大姐大的手哀求道。

「啊！難道她是那個男子的妻子？」阿仁陡然恍然大悟地說。

神明大姐大冷笑道：「你終於明白了。」

「那你為什麼不告訴那個——靈體？」阿仁轉口稱那惡靈為靈體。他對她起了惻隱之心。

「為什麼要告訴她？她只是要我『看』他那次出國有沒有死，又不是要我告訴她他跟誰一起。」

「可是，她太可憐了！她為了他等了那麼久，他卻在祖國和另一個女人結了婚，早就將她忘記了！」阿仁不禁為那惡靈感到憤憤不平。

「這就是我選擇不告訴她的原因。」神明大姐大又做出冉鬍子的動作。

「為什麼？」

「唉，你為什麼有那麼多為什麼？」

「我真的想知道啊！為什麼？」阿仁不放棄地追問。

「呵，真是。我怎麼有這麼愚鈍的契子……」神明大姐大搖著頭，呵口氣說：「如果我告訴她，她的怨氣一定更無法消去。現在這樣不是挺好？她可以放心展開另一段人生。」

「哦……原來你是為了那個靈體著想。」阿仁點了點頭。

這樣也好。如果繼續緊握住執念和怨氣留在靜的家裡，對靜和那靈體都不是好事。放下，就是解脫呵。阿仁心想。他是不是也是時候放下對母親的執念？

「誒？」阿仁突發奇想，兀自在那兒推論道：「那以後她沒有在靜的家裡，靜就不會想尋死了，靜不會想尋死，就不會有灰黑氣團，沒有灰黑氣團，那蛇靈就沒辦法再附著在靜身上……」

「慢著。你可以不要一個人自說自話嗎？」神明大姐大眯起了眼。

「我剛剛講的對嗎？」

「不對。」

「不對？」

「是。首先，你第一個推論已經完全錯了。我們驅趕的，只是依附在她家的其中一個靈體。靜的天眼還是存在，她還是能看到其他許多靈體。」

「呵？那——我們不是白白驅趕了靈體？」阿仁訝然。

「怎麼會白白驅趕呢？我們幫了一個靈體，讓她投生轉世。我們做了一件好事。」神明大姐大將手掌伸到胸口做了個電視上和尚常做的我佛慈悲手勢。

「可是對靜沒有多大幫助啊！哦！」阿仁不禁雙掌拍頭。

「呵呵。看開點。還有機會的，不是嗎？你天天都可以看見靜。」神明大姐大調侃地說。

阿仁瞪向神明大姐大，這時神明大姐大打了個哈欠，說：「啊~我累了，該回廟裡歇息了。接下來的事你負責吧。」

「呵？負責什麼？」

阿仁正覺莫名其妙，「大姐大」身上竄出個神的形象，一溜煙消失於樹叢間嶄露的神廟頂脊。

「啊？走了……」阿仁喃喃念道。

「什麼走了？」大姐大愕然甦醒過來，劈頭就問阿仁。

「哦，沒什麼。我要回家了。」阿仁對大姐大擺擺手，逕自走向回家的路。

「慢著！不是說要去神廟嗎？」大姐大瞪著偌大的眼珠說。

「呵？你真的都不記得了？剛剛已經去了神廟啊！」

「有嗎？」大姐大懷疑地瞄向阿仁。接著她突然整張臉漲紅起來，晃著頭說：

「呼！好熱！熱死我了！怎麼突然這麼熱啊？」

阿仁看著大姐大拚命扇著風的模樣，突然覺得有些過意不去。不會是因為被神附了身所以才這麼熱吧？

「你——沒事吧？」阿仁關心地問道。

「呼！火大啊！快帶我去吃冰！」大姐大說著，踢向阿仁的左腳。

阿仁一時來不及閃躲，被踢中左小腿脛骨，哇哇怪叫地縮起左腳。

「快點啊！想再『吃』我一腿嗎？」大姐大喝道。

阿仁無奈地拐著腳走前，一邊嘀咕道：「哪有人這樣逼人去吃冰的？呵，都是安平那傢伙的錯，帶她身體回家就好了，居然叫我負責善後，哼！」

「喂！你在碎碎念什麼？我快熱死了！」大姐大邊擦汗邊催促著，又伸腿過來，阿仁趕緊快步向前，免得又被命中小腿。

阿仁帶領著大姐大去到一家冷氣茶室，大姐大連連叫了三杯冷飲，才終於消解了熱氣。

「呼！好了，現在開始討論我們的除妖大計！」大姐大正義凜然地說。

「什麼？」阿仁整個趴在桌上。忙活了半天，他實在沒有力氣再去想除妖的事……

12．你也曾是母親的寶貝

她回到家時，阿仁還未歸家。

平時阿仁總是比她早回，在她進入家門前躲進房裡。

她，是阿仁的母親——倪歆。

倪歆除下短至腰間的小外套，讓女兒阿寧去洗澡後，走向廚房，將手中提著的焦糖布丁置於冰櫃內。

這是阿仁最愛吃的焦糖布丁，她通常去街口那家常去光顧的蛋糕店買。

今天是三月三日。三月三對她來說是個特別的日子。因為這是阿仁第一次開口喚她做媽咪的日子。

阿仁當然不記得了。舉凡阿仁小時候做過的各種事，如第一次學會走路、第一次叫爸爸、第一次拍手等等，倪歆都會把它記下，然後在這些日子來臨的時候，買個焦糖布丁犒賞阿仁。

阿仁那麼喜愛吃布丁和甜食，或許就是這時候培養起來。

倪歆記得在醫院生下阿仁，第一眼見到這小寶貝的悸動歡欣。那種安慰和感動是什麼也取代不了、無法用言語形容。

第一次擁有自己孩子的雀躍、激動讓她整個人產生了巨大的轉變。她成為母親了。她是阿仁的母親。她要好好守護、照顧這小寶寶，給予他最多最大的愛。她在心底對自己說了無數遍這樣的話語。

在阿仁五歲生日之前，她一直非常盡心地照護阿仁，從他牙牙學語開始，到學會走路，在家裡到處塗鴉……

阿仁什麼事物都學習得挺快，就是言語方面的學習能力較一般同齡孩子慢許多。直到四歲生日前，阿仁只會說一些重疊字和兩個字的詞語，從來沒說過完整的一句話。

倪歆擔心阿仁是否患有語言障礙問題，帶他去看了幾個醫生。

幸好醫生都說阿仁只是比較不愛開口說話，並非不會說話。

倪歆知道孩子沒事，也就不再過慮，但她漸漸發現阿仁迴異於其他孩子的特殊之處。

比如他常會無端端地對著樹上的葉子微笑，甚至比手畫腳地在和樹對話。

去海邊時會指著海中央說有大恐龍在那兒（那陣子阿仁很愛看家裡的一本以恐龍為故事主人翁的繪本）。

參加廟會時阿仁會執意跑去神像旁邊，不肯回家。

說到神殿，有一次，阿仁生了一場大病，在四處求醫卻無法治好的情況下，倪歆最後來到了安平神殿請求神明的幫助。

那會兒心焦如焚的倪歆不斷祈求神明救助阿仁，許下了承諾。只要阿仁能夠平安度過這次難關，倪歆為阿仁折壽都在所不惜。

說也奇怪，在倪歆誠心祈禱之後，阿仁的病不藥而愈。他立即甦醒過來，還在神像身邊繞圈轉悠，堅決不肯離開神殿。

後來終於在倪歆的威逼利誘下，將阿仁帶回了家，但自此之後，阿仁幾乎每天風雨不改地要倪歆帶他去神殿。

阿仁喜歡在神殿內看書、玩耍、吃東西，累了就在神殿旁的桌子底下睡覺。倪歆也奈何不了執拗的阿仁，只能天天帶他來神殿。

幸好神殿離家裡不遠，往返所需時間不多，只要讓阿仁待上幾個小時，晚飯時間再來接阿仁回家即可。

阿仁常跟倪歆玩捉迷藏，在她來神殿帶阿仁回家的時候，總是要找了許久才能找到阿仁。

曾有幾次，倪歆找了半句鐘仍無法找到阿仁，心焦如焚，急得團團轉。

那時候，阿仁就會突然間從某個角落竄出來，抱住母親。被孩子撒嬌抱住的倪歆，再怎麼氣惱也消氣了。而下一回，阿仁又重施故技。

鄰里之間知道阿仁的怪異行為，但大夥兒都不以為意，只道阿仁是要孩子脾氣，要吸引母親的注意力罷了。神殿的住持鄧伯也對阿仁的行為習以為常，不太當一回事兒。因此，阿仁的行徑，雖然有點突兀，但仍不至於讓倪歆感到太大的困擾。直到某一天，阿仁說鄰居家的大哥哥頭上有「黑黑的東西」。

那黑黑的東西後來導致鄰居的大哥哥碰上意外，就此離世。

那次之後，鄰里之間就謠傳阿仁是不祥之人，是他導致大哥哥的離世。

倪歆當然不願意承認自己孩子是不祥之人，但鄰里的白眼對她確實造成了傷害。她鮮少去菜市場買菜，也很少參與鄰里之間的活動。唯這樣並不能減輕大夥兒對阿仁的歧視。

她只好比平時更加嚴厲看管阿仁，甚至不准阿仁去神殿。

她擔心阿仁在神殿遭到眾人唾棄。

阿仁沒辦法去神殿之後，成天窩在家裡哭鬧，動不動就大哭特哭，搞得她快精神分裂。

有一天，阿仁趁她出去曬衣服的時候，偷溜出去。

倪歆發現阿仁不見的時候，急得如熱鍋上的螞蟻，因為那陣子有許多宗小孩被拐賣去國外的新聞，她怕阿仁被人拐賣了。

倪歆衝出家門尋找阿仁，到處都看不到阿仁的身影，她急哭了，最後只好厚著臉皮去詢問鄰居。

誰知鄰居們個個都說沒看見阿仁，還一副幸災樂禍的神情，彷彿倪歆的孩子是災星，是個怪物，這讓倪歆受到二度傷害。

倪歆懷著受傷的心，來到了神殿，祈求神明讓她找回阿仁。她終於在神殿內找到了阿仁。

她想不到阿仁居然曉得來神殿的路。

當她心力交瘁，呼喚阿仁過來她身邊時，她「看見」了。

她看見阿仁身後似乎長有一對非常大的羽翼。他頭頂上，還顯現一張可怖的臉孔。

那是一張如神話故事中的神怪般令人見而生畏的臉，臉上布滿了眼睛……

13・心中的疙瘩

一個細嫩的聲音喚道：媽咪。媽咪。

倪歆回神過來。哦，女兒阿寧已洗好澡，等著她準備晚飯呢。

倪歆微笑著對阿寧說：餓了吧？很快就好，今天煮你最喜歡的三文魚炒飯哦！

說著倪歆急忙從冰櫃取出昨晚的剩飯，切了些青蔥和洋蔥，取出三文魚罐頭，倒入鍋內，開始炒她拿手的三文魚炒飯。

三文魚炒飯也是阿仁很喜歡的一道料理。阿仁還小的時候，她為了顧全阿仁的食物營養，特地找來食譜學習煮這道香郁可口的日式三文魚炒飯給阿仁吃。

她已經許久沒有再去回憶這些陳年往事，唯關於阿仁的紀念日她怎麼都會記得。

今天是三月三日，是阿仁第一次喚她做媽媽的日子。她心理又想了一遍。嘴角卻怎麼都提不上來。

剛才憶起了不快的片段，那是段讓她渾身起雞皮疙瘩，毛骨悚然的回憶……

倪歆將專注力放在炒飯上，不再多想其他。

等一會兒阿仁就要回來了，她必須裝作很自然的模樣面對他。

才說曹操曹操就到。阿仁回來了。

他沒有喚她一聲「媽媽」。

阿仁已經好久沒有喚她媽媽了。

倪歆鼓起勇氣看阿仁，但視線仍舊偏了。她說：去洗手吃飯了。

她感受到阿仁的注視，趕緊走去廚房清理鍋具，準備盛飯。

這麼多年了，她始終無法正視阿仁。

她對自己說：再給自己多些時間。她只是還不能去掉心中的陰影，有一天，她一定可以做到正視阿仁。

阿仁沒有察覺母親的異樣，跟平時一樣，快快拿了倪歆盛好的炒飯，到客廳獨自埋頭吃飯，沒有和母親及妹妹交流。

吃過炒飯後，阿仁去開冰櫃時發現了焦糖布丁。倪歆偷瞄到兒子臉上漾起一抹微笑。這樣就好。這樣就好。倪歆鬆了口氣。

阿仁從冰櫃內取出焦糖布丁和大姐大買給他的除魔犒賞甜品——香草芒果奶油泡芙。

他嘴角的笑意更濃了。

見到如此開心的兒子，倪歆頗感意外。她藉故走去阿仁身邊，瞄到大姐大買給阿仁的甜品。

倪歆瞪大了眼。是誰買給阿仁如此高檔名貴的甜品？倪歆困惑不已，想問阿仁卻又問不出口。

她瞟見兒子吃完甜品，走回自己的小天地後，才去垃圾桶取出裝置甜品的精美包裝盒。

「黑熊洋果子店？」倪歆讀出盒子上的名字，喃喃自語道：「阿仁自己買的？這泡芙應該不便宜啊！」

倪歆困惑的看著一隻大黑熊的包裝盒子。她挪步到阿仁房門前，準備敲門時又縮回了手。

倪歆走回廚房，晃神了一陣，再走回去垃圾桶取出黑熊洋果子店的盒子，抄下地址和電話。

「下次就換這家的泡芙吧。」

倪歆轉回廚房，繼續清洗廚房用具。

此時房內的阿仁正躺於床上。他呼吸勻稱，胸膛規律地起伏著，雙目卻微微露了條縫，乍看之下似乎還未睡去。

阿仁從小就有這毛病，睡覺時雙目無法闔緊，常令人產生似睡非睡的假像。但此刻的他實則睡得香沉，以至於在他身側顯現的光影雖溫熱明亮，卻半點兒都驚擾不了他。

14・糾纏不休的大姐大

這幾天阿仁在班上都不得清靜。

大姐大不斷糾纏他，時不時跑過位子催促、命令他，要他快點定出個除妖計畫。當然，提到除妖計畫的時候，大姐大會省略「除妖」兩字，以「計畫」或「特殊計畫」帶過，避免同學們發現他們之間的祕密。

以前取笑阿仁的同學，都被大姐大喝令不准再笑他。連阿仁的幽靈綽號都不許叫。大姐大這樣做適得其反地，反而讓阿仁覺得周身不自在。因為大夥兒的視線滿懷著困惑和猜疑，對阿仁的注意力陡增幾倍。

阿仁在大夥兒的注視下，覺得自己像是被扒光皮供眾人玩賞的珍稀物種。

阿仁心中不禁吶喊：請你們大家無視我的存在！還我清淨孤獨的日子啊！

可惜心中的吶喊是不可能被人聽見的。

阿仁甚至使出一向最喜歡的喃喃自語招數，祈求大家不要看他：請你們無視我，請你們無視我……

他的喃喃自語倒是被無視了。大夥兒還是對他投以前所未有的注目禮。

才過了數天，卻難熬如數年。阿仁在學校的日子苦不堪言。

這天，阿仁從洗手間出來，碰見幾位同班的女同學，她們見到阿仁馬上閃開，然後躲去一旁竊竊私語。

「大家都在猜測我和大姐大發生什麼事……」阿仁皺眉歎氣，「以前大夥兒看見我，最多是不理睬我，現在卻是快速彈開。唉！」

阿仁受不了被注視的重大壓力，決定向大姐大坦白，說出那天的事。他希望說出真相後大姐大會因為懼怕而不再糾纏他、靠近他。

放學後，大姐大拉著阿仁走出校門時，阿仁說：「大姐大，我不會除妖，除妖的人是你。」

大姐大一聽，氣得又踢了阿仁一腳。

阿仁的小腿骨被踢得瘀青了好幾塊，他實在忍無可忍，鼓起勇氣大聲說道：「好！我就告訴你！其實那天我們已經除了一隻惡靈！」

「呵？真的假的？怎麼除的？為什麼我不知道？」

「因為……你被附身了。」

阿仁豁出去了，不理會安平將軍是否會生氣。

「什麼？誰敢附我的身？」大姐大氣粗粗地嚷道，眉頭抖動著。

看來她真的非常氣憤。要是說出是安平將軍上了她的身，她不會把整座廟都拆了吧？

「就是——」阿仁眼神遊移了下，還是說出來了，「那天我帶你去的安平神殿的安平將軍。」

「呵？什麼將軍？」

「安平將軍。」

大姐大眼神空洞地想了一會兒，說：「走。帶我去見祂。」

「見祂？你要見祂做什麼？祂未必會讓你見啊！」

「我不管！既然都上過我的身，怎麼可以不跟我這個肉身交代一下，對不對？」

阿仁尋思：大姐大雖然蠻橫，但她這話不無道理啊。安平將軍即使是神，也不能隨意上了他人的身卻什麼都沒有表示吧？

於公於私，阿仁都沒有不帶大姐大去見祂的理由。因此，這會兒，阿仁領著大姐大來到了安平神殿。

安平神殿一貫地冷清孤寂，之前掃除乾淨的落葉，才一個多星期又堆了滿院。

「鄧伯！鄧伯！」阿仁見殿內沒人，大聲朝裡殿喊道。

裡殿沒有回應。想來鄧伯是出去或者睡死了吧？

確定沒有人會聽見他們的對話，阿仁才向站於神殿門口遲遲不敢進門的大姐大招手。

「可以進來了？」大姐大問。阿仁還是第一次見到大姐大傻愣的模樣。她一向都是不經思索就果斷行動的直腸子性格。像現在這般猶豫不決的樣子，倒不像是大姐大了。

大姐大抬起腳跨過神殿凸起的門檻，踩踏在神殿黯淡失光的七彩瓷磚。

她一步步走向阿仁，腳步輕得感覺不到她的聲息，好像耽怕吵醒沉睡的巨龍的冒險者。

「喂，不用這麼怕。祂又不會吃了你。」阿仁說。

大姐大聽見阿仁說她怕，明顯地不悅，大聲地跺了下腳道：「誰說我怕？我，我是——」

吞吐間，一陣風從外吹拂進來，帶進了院內的落葉，其中一片被雨水噴灑過濕噠噠的枯葉飄到神像頭頂上方時，好巧不巧地落下來，貼在神像的臉部。

大姐大直愣愣盯著那緊貼在神像臉上的落葉，眉頭緊皺。大姐大脾氣雖然暴躁兇惡，卻有著些微「龜毛」的習性，看不慣一切骯髒不潔的事物。

大姐大越看那落葉就越不順眼，她隨即左顧右盼地偵查，發現內殿旁側解簽處的木椅，立刻過去把木椅搬到神像跟前，一咕嚕爬上去將落葉撿了下來。

「怎麼可以對神那麼不敬呢？」大姐大咕噥著，將落葉拋去外殿。

阿仁看傻了眼。這大姐大對神倒是意想不到的虔敬哪。

此時，神殿上那尊神像微微發出了嗡嗡聲響，大姐大和阿仁同時愕然地望向神像。

神像那微睜的眼似乎發出了金光，但那光一閃即消隱不見。

「剛剛那個光……你看見了吧？」大姐大吶吶地張著嘴說。

阿仁錯愕地點了下頭。

「那聲音是什麼？」大姐大又問。

「不知道。」阿仁聳聳肩。他的確不知道神在說什麼，只曉得應該是神發出的聲音。

神像那似笑非笑的嘴唇緊閉著，沒有再發出任何聲響。

阿仁和大姐大就這麼靜默地端詳神像，其間，又飄了許多落葉進來神殿，大姐大都一一將那些葉子掃出去。

神殿清掃乾淨後，大姐大依舊一聲不吭地望著神像。良久，大姐大終於再次發問。

「你確定神……有上過我的身？」

阿仁點點頭。

「祂為什麼不上你的身，而選擇上我的身？」

「我也不知道。」

大姐大這次眉頭皺得老緊，說：「你怎麼什麼都不知道？你不是可以看見神嗎？」

「呃，你問我我也不知道——」

「再說不知道我一腳就踢過去！」大姐大的蠻勁兒又來了，她使出看家腿功，朝阿仁的小腿方向踢去。

阿仁霍地跳開去，說：「我是真的不知道啊！」

阿仁一臉冤屈，轉而瞪神，怒責神道：「你說！為什麼只上她的身？你說啊！為什麼不說話？既然可以上她的身，為什麼不可以給她看見你？」

大姐大驚愕地捂住嘴，她沒想到阿仁居然敢這麼對神說話。她趕忙制止阿仁道：「不可以這樣對神說話！大不敬啊！」

阿仁傻眼，平時橫行霸道、一副凶巴巴模樣的大姐大居然對神如此虔敬？

「我很生氣啊！事實上祂應該對自己做的事負責！為什麼爛攤子要由我來收拾？」

阿仁氣憤不已地繼續對神罵道。

大姐大把阿仁拉近她身畔，說：「好，好。我不問你。你也不要罵神了。」

「你真的不再追問？」阿仁疑惑地看著大姐大。

「嗯。」大姐大清了清喉嚨，說：「我只想問你一件事。」

「什麼事？」

「神上我的身，是為了除妖？」大姐大殷切地看著阿仁。

阿仁回想之前神上大姐大的身時幫了惡靈解脫的事，幫助惡靈解脫轉世，也算是除掉妖孽吧？

於是他說：「算是吧。」

「哦……」大姐大眨了眨眼，思索了下，驟然笑眯眯地說：「那我豈不是成了除妖的女俠？」

阿仁不可置信地盯著洋洋得意沉浸於成為除妖女俠幻想的大姐大。

她到底有沒有搞清楚狀況啊？是神除妖不是她好不好？阿仁心想著，但他沒有戳破大姐大得意的幻想。

他是不敢戳破大姐大的幻想。

既然大姐大這麼想就這麼想吧。反正只要大姐大不再催促他制定除妖計畫，就謝天謝地了。

最終，大姐大滿意地回去了。

15・大姐大與神之淵源

阿仁鬆了口氣，他回到家，取出冰櫃內的冰鎮紅茶細細綴飲。最近天氣火熱，加上煩心事一堆，阿仁一早就已泡好了飲料放進冰櫃，以備不時之需。

這整個星期以來被大姐大纏住，他根本沒心思去想幫助靜的事。這會兒心情沉靜下來，他腦袋立時浮現靜的模樣。

靜到底怎麼樣了？她還好吧？

阿仁在學校幾番瞧見靜，但靜總是遠遠地看見他就避開了。

「為什麼靜要避開我呢？」

阿仁怎麼也想不通，他邊喝著冷得令牙齒酸痛的冰凍紅茶，邊盤算著要不要去找靜問清楚。

「不過……去找她的話，搞不好又會引來蛇靈，那就不好了。除非……」

才這麼一想，神就突然顯現在他跟前。

阿仁嚇了一大跳，口裡的紅茶差點噴出來，他趕緊咽回去，結果反而嗆著了，噴得滿地都是茶漬，咳個不停。

緩過來後，阿仁氣惱地說：「喂！你不要每次都這樣突然出現好不好？」

「對不起咯。不過我不是突然出現，是你召喚我來的，好不好？」神學著阿仁說話的方式說。

「我召喚你？我幾時召喚你了？」

「就剛剛啊。你想要去找靜，怕招來蛇靈，所以想到了我，對不對？」

阿仁無法否認。剛剛那一瞬間，他是有想到安平將軍。

「就這麼一想你就出現？」

「當然。只要是危害到你生命的事，我會立即出現。」

「你不怕被你的……上級發現？」

「哎，什麼上級下級，我們之間不是這樣分的。」神總結一句，道：「總之，為了救人，佛祖是不會怪罪我的。」

「呵，算了。」阿仁無可無不可地擺擺手，說：「既然你來了，順便問你，剛才在神殿，你也聽到大姐大的問題吧？」

「嗯。」

「你為什麼選擇上大姐大的身？」

「這個嘛……當然有原因。」

阿仁被勾起了好奇心，趕緊問：「什麼原因？」

神噘著嘴，想著要不要告訴阿仁。

「嗯……其實，我是不應該告訴你的。不過，就當是我和你之間的緣分吧。那個大姐，呃，田小姐，與我有一點點的淵源。」

「呵？」阿仁驚訝地張大了嘴。

「她……」神掐指數了數，說：「是我的第八十八代後人。」

阿仁呆立在那兒，啞口說不出話。

「就像孔門流傳至今，最多的已有八十多代，孔子的後人散布世界各地。臺灣、中國、香港、馬來西亞都有。我們田家也一樣，傳了許多代。在馬來西亞的後裔，大姐大正好是第八十八代。」

阿仁好像在聽著什麼怪談，眉頭都纏在一塊兒了。

接著，阿仁居然不可遏止地狂笑起來。

「哈哈哈……怪，怪不得……哈哈哈……大姐大跟你那麼像啊！哈哈哈……」

阿仁想起大姐大和神都愛說「總之」，兩人的脾氣一樣火爆，愛吹鬍子瞪眼，喜歡清掃，有時候又喜歡碎碎念，還同樣霸道地要阿仁聽他們的話……他笑得全身發顫。

「笑夠了嗎？」

阿仁還是止不住笑。

「有那麼好笑嗎？」神整個臉沉下來。

「哦，呵，對不起，你們……真的太像了。哈哈哈！」阿仁捂住嘴，終於止住笑聲。

「後人像祖先，是非常合情合理的事，有什麼好大驚小怪，哼！」神不悅地吹鬍子瞪眼。

隨即神又老懷安慰地冉鬍子說：「她不虧是我們田家的後人，對祖先那麼崇敬，呵！我也算得一耿直後代，欣慰啊。」

「咦？你姓田？大姐大叫……對了，叫田文君，她的確姓田，可是安平將軍你不是姓安嗎？」阿仁想不通地撓撓頭。

「呵呵呵！你這笨小子，安平將軍可是我的封號！」神站直了身，凜凜然威風八面地說：「我本姓田，單名一個字單，是齊國著名的田單大將軍！」

「哦……」阿仁又撓了撓頭，喃喃說道：「原來你叫田單。改天要查你的事就容易多了……」

「你說什麼？」

「哦，沒，沒什麼。」

神清了清喉嚨，正色說：「說回正題。我們也該是時候去找靜了。」

阿仁喉嚨咕地發出一聲，差點被自己那口氣噎著。

他平伏了氣息，懊惱地皺起了眉頭思忖：該來的還是要來啊。這難道真是他的宿命？

此時，門鈴響起。阿仁瞄了眼時鐘。午後五時五分。誰會在這個時間點回來？

16・無法掌控身軀的悲哀

話分兩頭。自從那天阿仁和大姐大在靜的家對她不瞅不睬、什麼都沒有說明就離去後，靜就陷入了自卑自責的情緒當中。

她認為家裡有靈體是她的責任，是她蘊含的不好氣息引來了靈體招致外公常年不適。阿仁是嫌棄她才會什麼都不說明就突然離去吧？

她不會再有任何朋友，也沒有人肯幫她了……靜自怨自艾地將自己困囿於不幸的想法當中。

她身邊蘊育的負能量之多，致使她引來了不該引來的東西。

所謂不該引來的東西，其中，當然也包括之前附著於她身上的蛇靈。

蛇靈知道靜的身邊有阿仁這位朋友幫她，因此靜在學校時它也不敢輕舉妄動，隨便附著於靜身上。

它感應到阿仁有股特殊氣場，而究竟是什麼氣場，蛇靈委實也分不清。一般人的氣場很小，不管是正氣還是壞氣，能量都很小，唯獨阿仁這人類，有著較一般人更強大的氣場。

蛇靈原本是匍匐於山林中、仰賴大自然靈氣修行的蟒蛇，一向秉持「人不犯我、我不犯人」的宗旨過活，不愛惹事生非，但某次登山者取出含有蛇膽成分的中成藥，觸怒了它，才致使它出走山林。

蛇膽乃中藥治療咳嗽的聖藥，唯登山者不知道該地盤旋著這修行多年的蛇靈，喝下令蛇靈聞之憤怒的藥物，觸怒了蛇靈。

蛇靈犯下了殺戒，修行被降了許多層次，它必須重新修煉，但蛇靈欠缺耐性，它選擇了能夠快捷達到修行目的的方式——吸食低等動物或其他靈體的靈氣。

這樣的邪惡修習方式致使它墜入邪道中。

在吞噬了第一個低等動物的靈體後，蛇靈被黑色靈氣纏繞著，已經無法掙脫邪道的吸引，不能自拔地一味沉迷於邪道修行。

蛇靈也不是沒有權衡得失地反省。為了能夠重返正道修行，它曾逼迫自己閉關於森林密處的地底下，奈何泥土關得了它的身體，關不了它的心。它的心已經被荼毒，受不得邪道的誘惑。當邪道奉送了一隻地鼠來到它跟前時，它沒有把握住自己，守住正法門的戒持，再次走入歪道。

蛇靈掙扎著走出樹林，而就在這時候，烏嶺鎮新來的住戶——靜身上散發的黑氣，吸引了蛇靈的注意。

它循著黑氣找到了靜。靜身上濃烈的黑氣，使得蛇靈輕而易舉地附著於靜的身體。蛇靈附身靜的身軀後，發現靜家附近溝渠內有成群的老鼠橫行，它貪婪地將那些老鼠的靈氣全數吸取。而靜發現老鼠屍身後，隱約知道是她身上的靈體作怪，但由於害怕被人提問，她反而幫蛇靈清理現場，將被吸食靈氣的乾扁鼠屍埋葬起來。

正因為靜的特異體質和恐懼，蛇靈可以通過靜便利地獲取其他靈體或生物的靈氣，還不用擔心被在上的神佛輕易發現。

如此便利又不易讓人發現的修行方式，蛇靈哪有放棄的道理？因此，蛇靈纏上了靜，無時無刻不在利用靜行使邪惡的修行。

靜本身有感覺蛇靈的附體，奈何卻無法阻止蛇靈纏身。

當蛇靈附上她的身體後，靜仍能稍微感受自己的存在。那時候的她有如隔著一道半透明卻很厚的牆凝視牆內的另一個自己，雖然感知蛇靈利用自己的軀體做著邪惡的事，但她無法觸及那個自己，只能眼睜睜地看著一切發生。

在阿仁和大姐大離去之後，靜一直將自己囿於悲苦情緒之中，她身上的灰黑氣團凝聚得特別多，蛇靈哪會放過這麼好的附身機會？

此後幾天，除了在學校會碰上阿仁的時刻，蛇靈無時無刻不纏繞著靜，藉著靜的身體去吸取低等生物的靈氣。

靜雖然微微感知到蛇靈在做什麼事，但她似乎放棄了掙扎，任憑蛇靈在她身上為所欲為地做出惡行。

她像個被蛇靈操控的冷血兇器，為蛇靈橫行逞兇卻毫無知覺。

這天，靜放學後回家，剛換好衣服打算吃飯時，屋外即傳來轟隆的聲響。

靜拉開窗簾，看到烏雲聚攏，一場暴風雨就要來臨。

這時靜的外公從樓上房裡喚她：阿靜！你回來了是嗎？

靜應答了一聲，聽見雨滴打落屋棚的聲音，趕緊先去庭院收衣。

靜家裡的曬衣方式仍舊沿用外公那一代慣用的竹竿架子，靜必須一件一件從高高的竹竿上勾下曬衣架子，再將曬衣架上的衣服取下來，她才收了幾件，雨勢驟然變大，靜急起來將竹竿撂下，直接把衣服從曬衣架上扒下來，頭低低地衝進屋內，但就在靜進入屋子前那剎那，她眼角瞟到一隻生物的腳於草叢中露出來。

靜抱著一堆衣物杵在那兒，察看那匿藏於草叢的生物。

那是隻為了躲避雷雨來到靜家屋棚下避雨的四腳蛇。

四腳蛇身軀頗大，約一隻成年野狗的大小。

若是平時，靜看見如此龐大的四腳蛇或許會嚇得怪叫著衝進屋裡，但此刻，靜嘴角微揚，露出陰沉的詭異模樣。

靜丟下手中衣物，慢慢走向四腳蛇。

此時的靜已被蛇靈附體。

靜的意識想阻止自己走向那可憐的生物，唯她根本無法掌控自己的身軀。

她一步一步走向懵懂笨拙的四腳蛇，眼看就在咫尺之距，四腳蛇發現了靜。

它移動腳步，步履蹣跚地走出草叢，往隔壁屋邁進。

靜的身子立刻跳脫出一團黑影，那黑影張牙舞爪地包圍住四腳蛇，四腳蛇頓時動彈不得，停佇在原地。

黑影幻化成蛇靈的模樣，吸允那偌大的四腳蛇靈氣，四腳蛇立即昏厥過去。

蛇靈繼續貪婪而專注地吸取四腳蛇身上散發出來的靈氣，沒注意到它身後靠攏過來的一大團黑影……

17・意想不到的訪客

門鈴連續響了幾聲，而且響鈴時間很長。聽得出按鈴人似乎很著急。

神原本想和阿仁擬定驅除蛇靈的計畫，這會兒也只好放棄了。

「改天本將軍再來和你商討大計吧！」神說著，竄出窗口外。

「呼！今天總算暫時逃過一劫。驅除蛇靈這種事為什麼要和我這種普通人扯上關係呢？唉！」阿仁發愣地望著窗口外無垠的青空，無奈地歎了口氣。

門鈴還在焦急地響著，阿仁大步走過去把門打開，一個意想不到的人物出現在他眼前。

「陳唯仁。」那人開口喚他，語氣透著焦躁。

「老……老師。」阿仁措手不及地應答道。

站在他面前的，居然是教導他生物學的劉京香老師。這真是阿仁打死都想不到的一幕啊。

「陳唯仁，你是不是認識隔壁班的李靜？」劉老師問道，聲音竟有些打顫。

阿仁不明白劉老師為何一副懼怕的模樣，他只道老師想多瞭解靜，於是他說：

「是。我認識她。」

劉老師低下頭，似乎在思索什麼重大的問題。

接著她陡然抬起了頭，大聲嚷道：「她住在哪裡？快說！」

劉老師居然歇斯底里地大嚷，阿仁被嚇得踉蹌跌坐於玄關。

這……到底是什麼狀況啊？

阿仁緊靠著一旁的鞋櫃，吶吶地回說：「我知道她住哪裡，不過確實的住址我——」

「快帶我去！」劉老師不等阿仁說完就急忙吩咐道。

「這……為什麼？」

「我……學校發生了一件事。昨天，在學生和老師們都回去之後……」

劉老師臉色沉重地憶述。

◆

時間回到一天前。

劉老師為了準備隔天要進行的生物解剖實驗，特意留校布置課室及展示台，並備好各樣資料貼於展示台前。

準備好了解剖、消毒工具等之後，劉老師即著手餵食鼠籠內的小白鼠。

這是明天生物解剖實驗演示課的犧牲者。

劉老師低下頭，對著籠子內的小白鼠說：「為了大家的學習，這也是沒辦法的事。你要知道，你的犧牲，是為了成全大家的學習哦。」

劉老師對解剖這檔事早就習以為常，見慣不慣。此刻的她對即將被犧牲的生物絲毫沒有愧疚之意，只是例常公事般說了這些話。

她不在意地抿了抿嘴，準備打開鼠籠的小門。

就在劉老師拉開門鉤的那一剎那，她發現眼前的小白鼠攀附在籠子的門上，兩眼炯炯有神。

劉老師停下拉門鉤的動作，反射地低下頭來，和小白鼠四目相投。突然她感應到空氣中有股強大的壓迫感，似乎有人在拉扯她的雙手和雙腳，令她整個癱坐在地上。

「呃，怎麼回事兒？」她困惑地撐起手掌，想爬起來，怎知卻全身乏力。

「怎麼了？我的手和腳怎麼了？」她再次施展力道，奈何那手和腳好像不是長在她身上的肢體，與她渾然無關，怎麼都不聽她大腦的使喚。

劉老師急起來，朝課室外大聲叫喚道：「誰來扶我起來！誰來救救我！救命～」然而無論她怎麼吶喊都沒人聽見。

後來，她喊得累了，就地趴著睡去。

她斷續地醒過來，但依舊沒人發現她的存在。校工跑哪兒去了？她不禁想。這會兒的校工正在警衛室打盹兒，壓根兒沒發現處於監控死角的實驗課室燈火。劉老師就這麼醒醒睡睡，反覆地餓了又無知覺。

終於，天亮了。

當劉老師聽到課室外傳來腳步聲的時候，心中的欣喜是難以名狀的。

實驗課室的大門被推開的那一瞬間，劉老師極度期盼地望過去，站在門口的，是位女同學。

「快點扶老師起身！老師不知道為什麼全身癱瘓、動彈不得！」劉老師急喊道。

那位女同學步向劉老師，臉上難掩狂喜之色。

女同學顯露出的神色是劉老師無法猜透的，她只道這女學生不同於一般學生，平時異常安靜，而那不自然的表情大概是因為怯於表達情緒的關係。

女同學，是靜。

也可以說不是。

如若阿仁在這兒，他會看到靜身後匍匐著一大團黑影。可惜阿仁不在這兒。

靜停下來，俯視著癱於地上的劉老師說：「這是你的報應，知道了吧？」

「什麼？什麼報應？我不明白。」劉老師忐忑地說。

「呵，人類真是愚蠢自大的生物。把無辜的小生物任意殺取。」靜說。

劉老師醒覺到靜的意思，趕緊說：「我又不是任意殺它，我是有崇高的理由——為了讓學生學習到生物的結構！」

「唉，你還是不明白。我的意思是說……」靜頓了頓，慢慢吐出道：「你得罪它們了，所以你今天才會變成這個樣子。」

「他們？他們是誰？是他們把我變成癱瘓？他們怎麼有這樣的能耐？」劉老師緊張地往四周張望，沒看到其他人。

「它們就是……」

靜眯起了眼，定睛凝視籠子內的小白鼠。

劉老師隨著靜的視線看去，只見小白鼠身後似乎有個影子浮現，脫開於籠子升上半空。

那影子張牙舞爪地，依稀能看出是鼠類的輪廓，唯那模樣比起老鼠猙獰許多，劉老師嚇得正要尖叫，怎知靜身上有個黑影快速撲向那鼠類影子。

空氣中傳來一股淒厲而令人心神顫抖的尖利嗷叫，轉瞬間，影子不見了，殘留下輕輕的煙塵浮現於課室上方。

而這時的劉老師，手腳已能使上力氣，慢慢地爬了起來。

「這，這到底是怎麼回事？」劉老師吞吐地問。

靜緩緩回過頭來，打了個好大的響嗝。

「謝謝你幫我引出它們……好滿足……」靜說著，用那透著戾氣的可怖眼神細細打量劉老師，劉老師不禁渾身打了個寒顫。

「我幫你解決了它們，你……應該要有點表示才對吧？」靜舔了舔唇沿貪婪地說道。

劉老師吶吶地說：「你是怎麼解決的？你……」

劉老師想說「吃掉」，但懼怕得什麼都說不出。

「記得。你欠我一個人情。」靜用眼角瞟了一眼劉老師即轉身離開課室，留下驚恐不已的劉老師。

◆

劉老師咽了下口水，對阿仁說：「事情的經過就是這樣。那叫李靜的女同學，絕對不是普通人類。」

「在那個影子不見之後，你的手腳就可以動了嗎？」阿仁問。

劉老師沉重地點點頭。

「想不到我身上會發生這麼令人難以置信的事。如果不是親身體驗，我絕對不承認這樣荒謬又不科學的事。」

劉老師呵口氣，繼續說：「我手腳能動後，就去找李靜想問清楚事情的來龍去脈，可是一直找不到她。」

阿仁打岔道：「慢點，那解剖實驗怎麼樣了？」

「哦，我已經延期。下個星期再進行公開解剖演示。」

「經過這樣的事，你還要繼續進行解剖？」阿仁不能置信地提高了聲量。

「不然能怎麼辦？這是我的工作，我無法不做。」劉老師說，顯得頗懊惱。

「難道就沒有其他替代的辦法？」阿仁不放棄地追問。

「嗯……也不能說沒有。」劉老師撇撇嘴，說：「但不在我的考量之內。」

「是什麼辦法？」

「就是讓同學們觀看視頻。但你也知道，視頻不比實際觀察到的讓人印象深刻，所以歸根結底，還是必須親自動手操作……」

阿仁不待劉老師說完，不悅說道：「我們不是專修生物學的大學生，不需要這麼精准和深刻的印象吧？再且，日常生活中的我們什麼時候需要解剖生物？」

「這……」劉老師被問得答不上來，但她沒有妥協：「課程綱要中有生物解剖這門課，一直以來都是如此做的，我不能打破規則。」

阿仁歎了口氣，暗忖：「都被靈體懲罰了還無法醒悟，難道他不怕再次被邪靈處罰？」

劉老師還在絮絮叨叨地為自己的行為找合理的說辭：「如果教育部怪罪下來，我可隨時要丟飯碗的，不是我不要打破規則……」

阿仁實在不想再和如此冥頑不靈的老師多說半句。

「那您請回吧。」阿仁說著就要把門掩上，劉老師趕緊阻擋於門口，放軟姿態向阿仁祈求道：「這件事和那件事不同，請你帶我去找李靜吧！難道你不想知道李同學身上發生了什麼事？」

「我知道。」阿仁說。

「你知道？」劉老師似乎頗訝異。

「總之，這件事我會處理，老師可以放心回去。我相信她不會這麼快來糾纏你。」阿仁說。

「不，不是的，我……一定要找李靜同學。」劉老師吞吞吐吐地，臉現怪異神色。

阿仁察覺到老師的不對勁兒，問道：「老師，你不是又碰到什麼麻煩事了吧？」

「呃，不，我……沒有。」劉老師一臉抽蓄地回答，明顯在撒謊。

阿仁觀察劉老師的軀體，發現劉老師的右手不自然的置於身後。他一個踏步向前抓住劉老師的右手肘，疼得她咿呀怪叫。

「哎！痛——」劉老師臉部扭曲地喊道。

阿仁趕緊撒開手。

劉老師的右手肘提起來，整個手掌腫得比熊掌還大！

阿仁眨眼間瞥見那手掌上漂浮著些灰黑氣團。

「老師又被靈體纏上了？」阿仁問。

劉老師呵口氣，緊皺著眉遲疑了一會兒，終於開口道：「這……可能跟我沒有取消解剖課有關……」

「既然你都知道原因，那你趕緊取消解剖課吧！」阿仁說。

「不，這太不科學了！你說，這麼沒有科學根據的事情，誰會相信，對不對？發生在你身上你也不能相信吧？我得去問問李靜同學。或許是她使用了什麼幻術！」劉老師一臉執拗地問阿仁。

阿仁感到極度無力。他不禁感歎：怎麼會有如此固執的人？明明就發生在她身上了，她還是選擇不相信。

「唉！就因為老師的固執己見，造成老師您現在的樣子。」阿仁搖頭。

「我不理到底有沒有那些靈體，也不管是不是因為解剖那些生物造成這樣，現在最重要的，是帶我去找李靜！」

「你……不怕李靜？」阿仁皺起了眉頭。附著於靜身上的，可是比傷害老師的靈體更可怕的存在啊！

「我不知道。我只曉得找到李靜，才會讓我的手掌好起來。」劉老師懊惱地露出一副六神無主的模樣。

阿仁瞄向內廳，想起適才神在那兒向他提起驅除蛇靈的計畫。

「難道冥冥中真的自有定數？驅除蛇靈的事非要與我扯上關係？」阿仁心想，「既然怎麼避都避不了，我只能選擇面對。」

阿仁思前想後，決定認命了。

「反正都是要除掉蛇靈，就帶老師去找靜。引出蛇靈的當兒，順道請神來把蛇靈收了吧。」阿仁盤算著。

於是，阿仁領著劉老師去靜的家。

18・靜失蹤了！

雖然不是第一次去靜的家驅除蛇靈，阿仁心中的恐懼卻有增無減。

他知道蛇靈會吸取劉老師身上附著著的靈體，可是稍一不慎，會不會也把老師或他的靈體一併吸進去？蛇靈可非善類啊！

「還是叫神出來吧。可是，神一現身，不是會嚇走附著於老師身上的靈體？」阿仁的心搖擺不定，不知怎麼做才好。

途經安平神殿前方的小徑時，阿仁不禁望向樹叢深處的神殿頂脊。

「神啊神，你既然是神，一定神通廣大，待會兒去到靜的家蛇靈出現的時候，一定要聽見我的呼喚啊！你會聽見的吧？」

沒有神在身畔的阿仁，心情是不安與忐忑的。他耽怕萬一神聽不見他的呼喚，或者沒有及時趕來驅除蛇靈，那可真是無法想像的災難！

擔心歸擔心，該面對的始終要面對。就這麼一路忐忑地，阿仁來到了靜家門前。

「到了，老師。」阿仁指著靜家那爬滿了攀藤植物的籬笆門說。

「你——不陪老師進去？」劉老師吞吐地問。

阿仁看劉老師那膽怯的模樣，忍不住嗆聲道：「老師你不是不相信這種不科學的事嗎？為什麼那麼害怕？」

劉老師啞口無言，事情臨到她身上時，她才發現自己其實是相信幽靈這檔事的，但由於心中對不科學事物的成見已久，使她無法拋開包袱，因為相信了就表示必須否定她多年所學和奉為圭臬的事啊。

劉老師抿了抿嘴，深吸口氣說：「好！那你在這裡等老師！」

劉老師推開籬笆門，走向古舊典雅的大門。她鼓起勇氣伸出沒有被惡靈纏繞的左手，作勢就要拍門，但左手不聽使喚地停在半空，久久都不敢敲下去。

劉老師那耽怕而扭捏的樣子，阿仁實在看不下去。他大踏步走過去，朝屋裡嚷道：「靜！你在家嗎？靜！劉老師來找你！靜——」

門呀地一聲慢慢開啟。

阿仁和劉老師都自然地往後退了兩步。

阿仁屏息等待，緊盯著開啟的門縫。

門內出現了一個人，但不是靜。

來開門的，是一位老人家。他是靜的外公。

靜的外公臉現驚恐，未待阿仁詢問，顫抖地央求道：「你是靜的老師？請你救救小靜！」

阿仁和老師面面相覷。

「阿公，你是什麼意思？為什麼要救小靜？」阿仁問。

「小靜她……她做了可怕的事……」靜的外公吞吐地，臉部抽蓄起來。

原來，那天在庭院，靜的外公在門口親眼目睹了四腳蛇被逐漸蠶食的可怖情景。

他悄悄閃入門後，摒著氣不敢發出一絲聲響。

「我雖然看不見那個東西，但是，那麼肥大的四腳蛇在地上翻騰、痛苦嗷叫，到後來，一寸一寸被某個看不見的東西啃咬的模樣，我怎麼都無法忘記！」

靜的外公呵口氣，心有餘悸地繼續說：「我知道小靜可以看見它們，可是小靜不會殺死它們！小靜絕對不會做出這麼冷血、可怕的事！一定是它們操縱了小靜，對嗎？」

阿仁皺著眉，沉重地頷首。

劉老師吶吶地問阿仁道：「李靜同學……到底是被什麼東西──『附身』？」

阿仁看著殷切望著他的老師和靜的外公，緩緩答道：「是蛇靈。附身在靜身上的，是一隻躲在烏嶺鎮深山裡修煉多年的蛇靈。」

「原來……那黑色的東西是蛇靈……」劉老師低頭喃喃自語。

「蛇靈為什麼要纏著我們家小靜？」靜的外公急切地問。

「你問我我也不知道。」阿仁無奈地說。

「不知道？那小靜怎麼辦？她從昨晚到現在都沒有回家！」

「什麼？」阿仁感到愕然。

「她去了哪裡？」劉老師緊張地問。

「不知道。昨天發生那件事的時候，我不知道如何是好。我，我害怕面對小靜。」外公自責地垂下了眼瞼。

他停了半晌，才繼續說：「我躲在房裡，過了不久，我聽見籬笆門開啟的聲音。我從窗口看出去，發現小靜離開了。之後，她就沒有再回來，一直到現在。」

靜的外公無助地問阿仁：「她長期被邪靈附身，會不會被他們影響，變得兇殘？或者小靜會不會被蛇靈怎麼樣了？」

阿仁無法回答靜的外公。

眼下必須先找到靜才能知道具體發生了什麼事。靜會到哪兒去了？

19・君子擊掌三次的盟約

與靜的外公道別後，阿仁和劉老師回到學校查看一遍，但依舊沒有發現靜的蹤影。

阿仁安撫劉老師說會想辦法解決，就勸劉老師先回家去。

劉老師走了之後，阿仁往回走了一段路，停下來，茫然地杵在那兒思索。

「靜沒有地方可去，不是家裡應該就是學校這兩個地方。即使今天她不回家，明早還是會去學校的吧？」阿仁推敲著靜的動向。

「為什麼靜不回家呢？就算蛇靈附著在靜身上，也只是想利用靜來吸取靜身邊的生物靈體啊。」

阿仁不明白靜不回家的理由，當前又找不到靜，只好悻悻然地回家去。

經過靜家門前時，阿仁下意識地往裡頭探視。

或許靜已經回來了呢？他心想著，停下腳步察看。一樓窗戶敞開著，客廳內漆黑一片，只有二樓的窗口透出昏黃光線。

看來靜還是沒回家。

阿仁心中隱隱覺得不妥。雖然他一直對自己說靜會沒事，但內心有股莫名的躁動。他突然想到靜的外公憶述四腳蛇被吞噬過程的話：「我雖然看不見那個東西，但是，那麼肥大的四腳蛇在地上翻騰、痛苦嗷叫，到後來，一寸一寸被某個看不見的東西啃咬的模樣，我怎麼都無法忘記！」

「奇怪了。蛇靈不是只吸取四腳蛇的靈體嗎？怎麼會把四腳蛇吃掉？」

阿仁越想越不對勁。他拉開靜家籬笆門，悄悄走進庭院觀察。

現在是傍晚七時許，天色雖然開始昏暗，但仍能觀見些微色彩變化。阿仁抬頭望去，原本盤旋於靜家屋子頂部的黑氣團不知何時已消去。

他蹲下察看曬衣架旁的大片草坪，終於發現一坨似沾染了血跡的深色草坪。

阿仁拿出手機拍下那坨草坪即匆匆離去。

這會兒，阿仁不是趕回家去，而是走向已被黑暗吞蝕的小樹林。

那是他最熟悉的一條小道，阿仁幾乎閉著眼睛都會走。

行走間，阿仁突然有股似曾相似的感覺。

許久以前，他好像也曾憑著直覺跑在這條小道上，小道前方還有樣極度模糊的東西引領著他……那是什麼東西？又是什麼時候的事？阿仁沒有細想，他現在滿腦子充斥著

靜的事。

很快地，阿仁來到了神殿。

神殿內點上了幾盞油燈，阿仁憑著微弱油燈的光亮撲到神的跟前。

「田單，快點看看靜到底發生了什麼事？田單！」

阿仁著急地壓低聲量叫喚。

不一會兒，他身後有個聲音斥責他說：「誰准許你這麼直白地喚我？」

阿仁趕緊回過頭，見到神時如見到老朋友般喜悅。

「別那麼見外啦！反正都是一個稱呼。」

「不。我已不屬於人界，不用那個名字已經很久。」神執拗地說。

「那好吧。安平，你快看這照片！」阿仁拿出手機展示給神看。

神皺了皺眉，說：「安平是你喚的嗎？至少加個神或佛在後邊吧？」

「哎呦，你還計較這些？靜身上可能發生不好的事啊！」阿仁不禁惱羞成怒地大聲嚷道。

神這才慢條斯理地接過阿仁手中的手機。

「這是什麼？黑乎乎的。」神問。

「這是四腳蛇被吃掉的現場。草坪沾滿的應該是血——」

阿仁未說完，神卻打斷阿仁的話，道：「大事不妙！」

神整張臉沉下來，金燦燦的臉頰呈現青綠色陰影。

所謂的鐵青著臉難道就是這副摸樣？阿仁腦海蹦出這樣的念頭，但他不敢隨意插嘴說話。他從未見過神這般凝重的面容。

神囑咐阿仁道：「你千萬不可輕舉妄動。靜恐怕招惹到麻煩的東西了。」

「她到底招惹到什麼東西？」阿仁好奇地問。

「現在還不能斷定是什麼。你只需要記住，沒有我的吩咐，絕對不能魯莽行事。萬一你見到靜，一定要先呼喚我！」

神伸出左邊手掌，阿仁不明白神的用意，待神再次暗示，他才忐忑地伸出右手掌，和神擊掌為誓。

阿仁擊了一下掌，正待放下，神又做出擊掌動作。於是，阿仁連續和神擊了三次掌

才完成這誓約。

「為什麼要擊三次掌？」阿仁問。

「擊掌是古代君子定下盟約的方式。擊掌三次則代表一定要遵守的承諾。」神凝視阿仁，說：「你已經和我擊掌三次，所以一定要信守我們之間的承諾。記住！」

阿仁慎重地頷首。

神這麼嚴肅地再三敦囑，阿仁知道靜所招惹到的，必定是比蛇靈還可怕許多倍的「東西」。

20・怕黑的恐懼能消除？

阿仁歸家時，屋裡漆黑一片。

這說明母親和妹妹阿寧還沒回來。

阿仁吁了口氣。剛才進門前他還在想著怎麼面對母親。

他開了盞客廳的燈，走進房間。

回到屬於他的小天地，阿仁終於得以鬆懈下來。最近真的有太多煩心事纏繞他了。先是靜身上有灰黑氣團的事，然後是大姐大和神纏著他要他幫忙驅除蛇靈。現在居然連劉老師都被惡靈纏身，和蛇靈扯上關係，而靜又招惹了比蛇靈還可怕的東西。這一切，都讓阿仁煩不勝煩，感到不勝負荷。

阿仁躺在床上，晃了晃頭，讓自己什麼都不想，連拚命打鼓的肚子都懶得理會，瞬即沉沉睡去。

半夢半醒之際，阿仁彷彿聽見了某些聲響。

恍然間，他看見了靜。靜在某個奇怪的空間裡。那兒有著不知名的花草樹木，岩石長著怪異的形狀，還有幾座偌大的空中樓閣，而靜，就在其中一座樓閣的窗口內吶喊求救。

「阿仁！救我！阿仁……」

阿仁清楚地感覺到自己踩在那片土地的感覺，鬆鬆軟軟卻布滿危機，如踩踏於未成形的黏答答水泥地上。他用力地抽著腳前進，似乎不這樣做雙腳就會陷進水泥地裡頭。

阿仁好不容易來到靜被禁錮的閣樓，正待開口喚靜，窗口邊的靜不見了，取而代之是張可怖的半邊臉孔，那張臉跟阿仁小時候看過的童話故事——「樹林中的巫婆」裡頭的巫婆一樣陰深可怕！阿仁想逃，但雙腳不聽使喚地激烈抖動，繼而他撲跌在地上，無法動彈……

阿仁驚醒過來。

原來是一場夢。阿仁心有餘悸地坐起身，全身是汗地靠在床沿喘氣。剛才那一幕恍如真實情境，阿仁至今仍感到雙腿的肌肉抽蓄著。

「別怕，應該是受了神警戒的影響，日有所思夜有所夢吧。靜怎麼可能被巫婆抓去？」阿仁自我安慰著，讓心中的恐懼緩解。

阿仁看了看時間。凌晨三點十分。

阿仁走出房間。客廳昏暗無人。

阿仁打開冰櫃，準備喝杯冷飲來解除身體的蘊熱煩躁。

意外地，阿仁看見了某個東西。

阿仁從冰櫃小心奕奕地取出那東西。是小熊圖樣的盒子。

「這是……」阿仁陡地一驚，「這不是上回大姐大，哦，不，應該是神明大姐大買泡芙的那家小熊甜品屋？」

阿仁困惑地把盒子拿到餐桌前打開。

是阿仁最喜歡的香草芒果奶油泡芙。

「奇怪了？難道是『她』買的？」

正疑惑間，有腳步聲傳來。阿仁抬頭一看，是母親。

阿仁侷促地低下頭。

母親問：「肚子餓了？」

阿仁緩緩點頭。

母親靜了半晌，說：「我換了家蛋糕店買的泡芙。不知道你喜不喜歡吃。」

阿仁有些不能置信。母親居然會在意他喜不喜歡吃？

他支支吾吾地含糊應答道：「喜歡。」

母親似乎沒聽見他的話。

「應該會喜歡的。你那麼喜歡吃甜食。」

母親見阿仁沒反應，繼續說：「吃了就早點睡吧。」

阿仁終於從喉間擠出一個字，說：「嗯。」

母親沒再說什麼，走回樓上去。突然她停下腳步，回頭對阿仁說：「對了。我在蛋糕店碰見你的同學。」

「同學？誰？」阿仁這次反應頗大，還忘了壓低聲量。

他腦海浮現靜的臉龐。

母親緩緩地說：「我也不認識。不過她好像看過我，說是你的同班同學，姓田。」

阿仁一聽姓田，立刻鬆了口氣。

「不是靜。姓田……是大姐大！大姐大怎麼會去那家蛋糕店？」阿仁思忖間，母親已走上樓去。

阿仁此刻已睡意全消。吃完泡芙後，他沉鬱的心情終於舒展開來。

「船到橋頭自然直。不要擔心太多吧。神都說了，有什麼事再召喚他。」

阿仁放開心中的煩悶，取了本漫畫來打發了無睡意的寧靜清晨。

看完漫畫，天色已微亮。

為了感謝母親的好吃泡芙，他今天特意做了母親喜歡的西芹蘑菇白醬義大利麵。

煮東西這檔事對阿仁來說並不是件多難的差事。自從與家人極少交流以來，他和家人最主要的溝通方式，就是煮早餐給家人吃。

從中學開始，他就比母親更早起身，為的是讓母親多睡一會兒。

他希望母親能感受到他的心意，因而稍微地關注他，可惜事實上並沒有。

母親如往常一樣不甚搭理他，即使和他說話也依舊沒有對上他的視線。

阿仁這次特意為母親做的義大利麵，相信也不會得到什麼回報。但阿仁就是想做給母親。

即使母親沒有對他表現疼愛，他仍舊想對母親好。

只要母親偶爾買布丁或泡芙來犒賞他，他就滿足了。他不敢奢求太多。

◆

阿仁做好早餐，慢條斯理地步行去學校。

他抵達學校的時候，時間尚早。

他到校園溜達一圈，沒有發現任何異狀，也沒看到任何生物遺體或可疑形跡。

直到上課前，阿仁都沒有看到靜。

靜果然沒有來上課。阿仁想。

阿仁回到自己班上。班上同學史無前例地大吵特吵，大夥兒毫無次序地跑過位說話、喧鬧。

「怎麼啦？無政府狀態？」阿仁疑惑地看著大家。他想找個人問一問，卻發現無人可問。

這班上，他幾乎沒有一個可以說話的人。幾乎，是的，是幾乎而不是沒有。因為他還有個能說話的同學——大姐大。

阿仁這才想起，今天好像沒見過大姐大。

「大姐大也缺課？」

阿仁記起母親說在洋菓子店碰見大姐大的事。

「大姐大昨天怎麼會去洋菓子店？不對啊，只有神明大姐大知道我喜歡吃甜食才會去洋菓子店吧？那母親昨天碰見的，難道是神明大姐大？……又或者大姐大原本就喜歡去那家洋菓子店，她也喜愛吃甜食？」

阿仁邊揣測邊尋視大姐大身影。沒有。她果真沒有來上學。阿仁不自覺地歎口氣。

最近一直被大姐大纏著問話，他之前還覺得煩，但這會兒大姐大不在，反而有股空虛感。

這就是朋友不在的感受嗎？

慢著，大姐大是他的——「朋友」？

阿仁呆愣半晌，驚異地發現這個事實。原來他在無形中已將大姐大視為「朋友」。

對一般人來說，這或許是件稀鬆平常的事，但對於阿仁，卻是許久未曾有過的大事！

「我居然將這麼暴力的女孩當做朋友？」阿仁不禁譏笑自己。

「這麼健壯的大姐大也會生病啊？」阿仁兀自在心中調侃大姐大。他也只敢在心中調侃她了。

後來，阿仁從同學們的嘻哈喧鬧中，聽到劉京香老師請了病假，今天的生物實驗課找不到代課老師，因此老師讓同學們自修。

「怪不得這些人好像瘋了一樣。不用上課值得這麼興奮？」

阿仁不理會同學的吵鬧，他拿出課本自習，為下星期的生物實驗考試做準備。

「劉老師……應該沒什麼大礙吧？」阿仁不禁想。雖然劉老師是咎由自取，但阿仁還是會擔憂老師的情況。

同學們的吵鬧喧囂越來越厲害，甚至波及阿仁的位子。

阿仁沒辦法之下，只好選擇到生物實驗室自習。

「劉老師沒來，實驗室應該沒人吧？」

阿仁想著，推開實驗室的大門。裡頭果然沒人，只有幾隻等待被宰割的小白鼠被關在窗邊的籠子內。

阿仁過去看了它們幾眼。不看還好，越看越覺得它們可憐。

「這麼活生生的可愛生物，居然因為人類的學習課程而遭受解體的命運……」

阿仁緊皺眉頭，心中在掙扎。最後，他用蠻力打壞鎖扣，把裡頭的小白鼠都釋放出來。

小白鼠溜出去後，阿仁才寬心地隨意找了個位子坐下，打開課本繼續學習。

讀到「條件反射與非條件反射」這段時，他心底微微一震。

課文上寫著：恐懼可以通過條件反射產生，也可以通過非條件反射產生。比如青蛙看見令它刺痛的針頭就會害怕（條件反射），但通過看見針頭同時看見蒼蠅的非條件反射實驗，能讓青蛙對蒼蠅也產生恐懼。

「呵？不是吧？原來恐懼也能通過這種暗示的方式產生。那我害怕黑黑的東西……」

阿仁思忖，自己害怕黑黑的東西的緣由，應該是屬於非條件反射。他每次看見灰黑氣團後就有人遭遇不幸，阿仁害怕的其實是有人遭遇不幸，但灰黑氣團是預示著不幸即將降臨的非條件反射，導致阿仁連帶著害怕看見灰黑氣團。

「唉。知道了如何產生恐懼又如何？」阿仁喃喃自語道：「我怕黑的恐懼還是無法消除啊！」

這時阿仁背後有一道聲音響起：「誰說不能消除？」

阿仁訝異地回過頭。是劉老師！

「老師你……不是請了病假嗎？」

「呵。是。我原本打算躲在家裡。」

老師用躲而不是在家養病，阿仁馬上理解老師這麼說的原因。

劉老師除下風衣，露出腫大如哈密瓜般大小的手臂。

「這……」阿仁驚得合不攏嘴。劉老師的手臂實在腫得離譜。

「如果你幫我消除腫脹，我立刻教你如何消除你怕黑的恐懼。」

阿仁依舊傻愣著凝視老師，這般大面積的腫脹部位，他確實感到懼怕，也不知道有沒有辦法幫到她。

「你不想幫我？」

「不是不想，老師你也知道這腫脹不是隨便就可消除，除非找到對症下藥的方法。」

「什麼對症下藥的方法？」劉老師緊張地抓住阿仁的手臂。

阿仁手臂被捏得微痛，甩開劉老師的掌握，說：「我們現在不知道靜在哪裡，只能找另一個人幫忙。」

「誰？」劉老師如得獲幸運獎券的得主，喜形於色地問道。

「呃……你跟我來就是。」

阿仁當然不能向劉老師坦白。

現在能幫劉老師的，也唯有神了。而神說過，不能隨便透露祂的事。

21・流浪漢與吃人少女

放學後，阿仁帶著劉老師走向神廟。途中，劉老師向阿仁解釋了消除恐懼的「氾濫治療法」（或稱洪水治療法）。

「只要把讓你產生恐懼的刺激物，多次而連續地出現在你眼前，就像洪水氾濫那樣。久而久之，你就會對它感到麻木，進而減低恐懼感。慢慢地，就能消除掉你的恐懼了。」

「呵？」阿仁不禁傻眼。他還以為消除恐懼的治療方法是些做起來比較科學的方法，想不到卻是這樣不人道、聽起來又很笨的「多到麻木」刺激法？

怎麼可能有人要使用這樣蠢的治療方法？簡直虐待人的心智、侮辱人類的智慧啊！阿仁心理臭罵道。

阿仁恐懼的是灰黑氣團，而灰黑氣團可不是阿仁想看就能看到的。倘若真的有辦法讓阿仁受到灰黑氣團的連續刺激，死的人肯定不在少數！

阿仁倒抽口氣，心有餘悸地說：「這方法不適合我。我恐懼的事物絕對不能隨便出現！」

「哦？為什麼不能隨便出現？你不是怕黑而已嗎？」聽到阿仁的說辭，劉老師好奇地抬眉瞄向阿仁。

阿仁撇撇嘴，道：「沒什麼。我現在完全不想消除恐懼了，謝謝老師！」

阿仁的話引得劉老師愈加好奇，但劉老師自身難保，根本沒心思追根究底。她跟在阿仁身後，一路遮遮掩掩地環顧四周，耽怕被人發現她的「異樣」。

不久，他們來到安平神殿。

「我們來這裡做什麼？不會是……抓妖吧？」劉老師一臉疑懼地說。

「差不多。」

阿仁的隨口應答讓劉老師咽了好幾下口水。她戰戰兢兢地跟著阿仁走進內殿。劉老師仰望內殿中的安平神像。祂是那麼地高大、那麼地威武莊嚴。

「這……是什麼神明？」

「是安平將軍。」阿仁答。

「安平……哦，我記得了，原來這裡就是曾經很著名的安平神廟。」劉老師凝望著安平神像，喃喃說道：「已經沒落成這樣了……真是可惜啊！」

「是有發生過什麼事嗎？」阿仁問道。

「我想一想……啊，好像是某個人吃了神明加持過的『符水』，不治身亡了。」劉老師說。

「不治……？」阿仁驚訝得臉孔抽蓄。這可完全出乎他的意料之外啊。

原來安平神廟曾經發生過這樣的事，怪不得大家都不來這家廟宇了。可是母親怎麼沒有阻止我，還讓我來這兒呢？阿仁不禁想。

「田單為什麼不跟我提這件事？」「祂是有什麼難言之隱嗎？」「我怎麼從來沒聽過這個呢？」「神不可能做出這樣的事，一定是哪裡搞錯了吧？」

阿仁腦袋轉過連串問題，但事有輕重緩急，現下不是想這些事的時候。他必須先叫神明幫助劉京香老師驅逐邪靈。

阿仁看著安平神像，定下心來膜拜。很快地，阿仁腦袋一片清明，什麼都不想了。他專心致志地在心中默念道：請神幫助劉老師驅逐他身上的邪靈，解除老師手臂的腫脹。

劉老師看著一心膜拜神像的阿仁，也跟著雙手合十誠心地膜拜起來。

期間劉老師有睜開眼偷瞄阿仁，但見阿仁依舊緊閉著眼睛誠心祈求的模樣，又趕緊闔起眼繼續祈求。

不曉得過了多久，阿仁終於睜開眼。

劉老師的頭部歪向一側，似已睡去。

阿仁過去輕拍劉老師，她輕顫一下，警醒過來。

「呵，好了嗎？」

阿仁點點頭。

劉老師趕緊掀開風衣查看腫脹的手部。手臂的紅印雖然消去了，但腫脹依舊。

「這，這就好啦？」

「應該是吧。」阿仁無可無不可地回道。

「可是還是很腫啊！就算不痛了，我這樣也無法見人吧？」

「你放心。過兩天應該就好了。」

「真的？」劉老師半信半疑。

這回阿仁肯定地點頭，劉老師這才大大地鬆了口氣。

阿仁目送劉老師送走之後，回到內殿盯著神像前方。

「為什麼老師的手還是那麼腫呢？」

此時阿仁望著的空氣中漸漸顯現了影像。那是田單。

「呵，放心。我剛剛已經暗示你，腫脹會慢慢消除的。」

「為什麼不能馬上消除?」

「當然。邪靈入侵過的部位可不是那麼容易就能消除的。那兒可是聚集了邪靈的惡意在裡頭。」

「惡意?惡意會讓人的手腫起來?」

「唉,很難跟你說清。另一個空間的靈體能釋放出某種特殊的物質,其威力足以致死人類。」

「呵?那劉老師現在會不會有事?」阿仁緊張問道。

「放心吧。我已經驅趕了她身上的邪靈,而邪靈所帶來的特殊物質,也被我解除了。過幾天自然會痊癒。」

聽到能夠痊癒,阿仁鬆了口氣。他想到剛剛劉老師說有民眾喝了神明加持過的符水致死的事。

「符水致死人,是怎麼回事?」

「那個你也相信?我會去傷害人?你也太不瞭解我了。呵!」田單慨然歎了口氣。

阿仁羞紅了臉,他的確不應該懷疑救了他無數次的田單。

「那……這神廟是怎麼沒落的?謠傳又是怎麼產生?」

「都說人言可畏。人類最不懂得分辨是非黑白。要知道一個人的惡業可不是隨意能消除的。當一個人必須死的時候，不管他喝多少符水，也無法改變他的命運，除非他藉助了其他力量。。」

「哦……」阿仁似懂非懂地點頭，大致明白人的生死有時，非神所能掌控。隨即他吶吶地問神道：「那我們現在該怎麼辦？」

「靜觀其變。以靜制動。」田單神色泰然地雙手合十。

靜……怎麼都和靜字有關啊？呵。阿仁歎氣道。

他心裡實在擔心靜。偏偏田單又要他靜。

阿仁無可奈何地走出神殿，朝市中心走去。

心情鬱悶，還是去找些冰品或甜食吃吧。阿仁想。

一想到甜食，阿仁腳步立時加快了。此時天空打了兩聲響雷。

「快下雨了，得快點啊！」

阿仁小跑著走進店鋪走道。霎時間，雨絲細密地落下，路上行人也紛紛回避進來，走道上頓時擠滿了人。

阿仁感到有些壓迫，他一向不喜歡人多的地方，阿仁望向馬路，外頭飄雨的道路反而更能讓他輕鬆自在，於是他毅然奔向劍雨中。

走在下雨的馬路，阿仁急切地想找個遮蔽處躲雨。在雨中走了好一會兒，阿仁見到前方有座無人的亭子，欣喜地跑了過去。

此時的他已全身濕透，他揮掉身上多餘的水，抹掉手上和臉上的水珠。睫毛的水也抹乾後，他才看清身在何處。

這兒是某殯儀館旁的候車亭。候車亭設計得頗為雅緻，大概是為了與主館格調一致。

阿仁望向殯儀館。他曾經過這家殯儀館數次，卻從不敢往裡望去。他對這些地方存有陰影。小時候相熟的鄰居哥哥出現灰黑氣團不久即過世，母親曾帶他到殯儀館祭奠鄰居哥哥。

他不太記得那時候發生了什麼事，或許是潛意識抗拒回憶當時的事，腦袋選擇性地故意淡忘了。

雖然記不清什麼事，他從此以後卻再也不願踏進殯儀館一步。

這會兒為了避雨，竟然誤打誤撞來到殯儀館前方，阿仁想著等雨小一點兒就離開這讓他渾身不自在的地方。

就在這時，有兩人從對面街道跑過來阿仁所在的亭子。阿仁渾身抖了抖，因為他瞥見了最不想看見的東西。

兩位走進亭子的人，其中一名頭上環繞著濃濃的灰黑氣團。

阿仁退到亭子邊緣，以眼角打量他們。

兩人衣著襤褸，手腳和臉都有點兒烏黑，即使被雨打濕依舊無法洗去那陳年污跡。他們應該是附近的流浪漢吧。阿仁想。

頭上有著灰黑氣團的那位流浪漢蓄著滿臉胡渣，頭髮和胡渣都斑白了，雙眼皮底下的眼珠迷蒙一片，看來年紀沒有七十也有六十好幾。另一位相較老者就年輕些，眼睛細小，嘴唇很薄。

兩人抹掉身上的雨水向阿仁掃視一下，阿仁趕緊望向亭子外的街道，假裝專注地看雨景。

「唉，這兩天還真是倒楣。」老的環抱雙臂打著顫說。

「對啊，找不到吃的還不打緊，差點被吃才最可怕！」年輕的那位說。

「最糟的是，大家都不相信我們的話。」老者無奈地說。

「對，對，對！為什麼大家都不相信我們的話呢？我們明明就沒有說謊啊！」年輕者憤憤不平地說，語調不自覺地抬高了。

「唉！誰讓我們是流浪漢？有誰會聽流浪漢說話？我們是被社會遺忘、拋棄的人。沒有生存價值，就算真的被吃掉大家也不會可憐我們。」

老者說完，索性靠在柱子旁席地坐下。

年輕的也學老者粗魯地盤腿坐下。他們早已習慣以大地為家，那兒都是可以棲身的地方吧。阿仁不禁有點兒羨慕他們。

他總是與周遭環境格格不入，只有躲在自己的小天地中才覺得輕鬆自在。因此大部分時間他都是處於不自然地微微緊繃狀態。

「不過如果是給我聽見人家這樣說，我也會認為他在說謊哪，畢竟人吃人的事哪有可能發生？」

「對啊！而且想吃我們的，還是個那麼弱不禁風的少女呢！嘿，哪裡會有人相信？」老者說著，一陣搖頭晃腦。

阿仁聽到這兒，隱隱覺得不妥。？那位要吃他們的少女不會就是靜吧？

雖然覺得不可能，阿仁就是忍不住這麼想。

「請……請問……」

兩位流浪漢望向阿仁。

阿仁鼓起勇氣，說：「請問你們剛才說的女生，長什麼樣子？」

年輕那位瞥了老者一眼，老者示意他說，他才說道：「就眼睛不大，細細長長的，鼻子不高，斯斯文文的，不過眼神特別兇狠啊！」

應該是靜。阿仁想，他繼續問道：「你們是怎麼遇見她的？」

老者這時開口了：「你……認識她？」

「我想是的。」阿仁猶豫了下，點頭道。

老者挑了挑眉，喚阿仁過來坐下，開始述說昨晚發生的離奇怪事。

22・田文君危險！

「事情是這樣的，昨晚我們兩人像平時那樣，看到殯儀館有人辦喪事，就過來蹭點兒飯吃。吃飽後走出來這邊，喏，就是到這個亭子的時候，那個少女正好在裡面坐著。」

老者停頓一下，又說：「一開始我們也不以為意，反正人家不嫌棄避開我們就好。誰知那名少女突然向我們靠近。」

阿仁聽到這裡，頭皮緊繃起來，專注地盯著老者。

老者繼續說：「她走到我們跟前，比你我現在的距離還近啊。你知道的，像我們這種邋遢的流浪漢，誰敢那麼靠近我們？我覺得很意外，畢竟已經好久沒人走這麼近了。」

老者說話老愛強調他的流浪漢身分，似乎平日裡備受鄙視，心理有些難平。

「我兩眼打量那名少女，從頭到腳的。正納悶長得如此正常的女孩怎麼會看上我們這種流浪漢，女孩突然張嘴笑了，嘴沿流下一坨口水，兩眼直勾勾地盯著我們。那種眼神，就像猛獸看見獵物般，饑渴萬分啊！」

老者兩眼驚恐地說著，隨即打了個顫。

「真的！你沒有餓過！如果你餓過就能明白那種感受。那是種許久沒吃到東西，突然間看到美味山珍在眼前那種狂喜和貪婪！」

阿仁耐心地等候老者說下去。

「在我還沒有醒悟過來，也來不及提示小李時，那名少女突然朝小李的手臂張嘴一咬，噢，咬得夠深的！」

原來年輕的流浪漢名喚小李。小李聽著老者的解說，一臉扭曲地扶著右手小臂，似乎再次經歷了痛楚瞬間。

「可以讓我看看傷口嗎？」阿仁問。

小李挪開捂著手臂的另一隻手。那傷口的齒痕極深，血印兩排見到內裡的紅肉。

阿仁別過頭去，心想：這絕對不是普通人類的咬痕。

「結果呢？」阿仁忍不住追問。

「還好我當下警醒過來，趕緊往她天庭蓋用力一拍！她才縮了回去。」老者激動地說，比劃著天庭蓋的位置。

「不過事情還未結束，那個『怪物』當然不可能就這樣放過我們，我打了她的天庭蓋，激怒了她，她朝我撲過來，張口要咬我的頸項！我趕緊抓起手邊的布袋亂打一通！想不到她力大無窮啊，將我的袋子搶去，一拋拋得老遠！」

阿仁聽得兩眼直瞪，眉頭都扭在一塊兒了。

「她兩眼兇狠地盯著我，咧開嘴流著貪婪的口水，我當時想我完了……但就在千鈞一髮之際，另一個女孩擋在我和她之間。」

「呵，真幸運啊！如果不是那個女孩，可能我們都被吃了！」小李這時插話道。

「是啊，是啊！幸好有那位女孩出現。那女孩一副凶巴巴的樣子，說我們敢欺負少女就要我們好看什麼的，然後就拉了差點吃掉我們的少女走了。」老者說。

「凶巴巴的女孩？」阿仁心理有股不祥的預感。

「是啊！她的眉毛相當粗，眼睛很大，看起來兇神惡煞的模樣。」小李補充道。

「她從哪裡跑過來的？」阿仁看著老者，問道。

「這……」老者一下被問住了。

「我知道！我看過那個凶女孩。她是殯儀館裡頭辦喪事人家的孩子。」小李舉起手，一副猜中試題的興奮模樣。

「辦喪事的人家姓什麼？」阿仁趕緊問。

「呃……好像姓……田吧？」小李不太確定地說。

田？阿仁的心陡地一跳。

大姐大今天沒來學校上課，難道是因為家裡辦喪事？如果真的是大姐大，那可就糟了。

不，是非常糟！

老者和小李繼續說他們跟人家提起少女要吃他們的事，大家如何譏笑他們、不能置信的反應，但阿仁一句也聽不進去。

他匆匆別過老者和小李，神色凝重地走進殯儀館。

他隨意找了個男子詢問：「請問田文君有在嗎？」

阿仁希冀聽到否定的答案，可惜他的希望落空了。

「哦，你找文君啊？文君！文君！」男子朝裡頭叫喚著，走向殯儀館內，問了幾個人，大夥兒都沒見她。

「她跑去哪裡了？明天爺爺就要出殯了啊！」其中一名婦女說。

看來大家都沒發現大姐大不見的事。那即是說，大姐大從昨晚開始就已經失去蹤影。更重要的是——她和被某種可怕的邪靈附身的靜在一塊兒……

「大姐大危險！」阿仁心中喊道，衝出了殯儀館。

23・召喚安平將軍

阿仁跑在細雨中，漫無目的地搜索大姐大的身影。

跑過幾條街，阿仁知道這麼搜尋是沒辦法找到大姐大的。

「去找神幫忙吧。」

阿仁疾步跑向神殿。

雨絲依舊散亂地飄著，細密地灑落在阿仁身上，但阿仁已經沒有知覺，他心中只想著大姐大的事。

大姐大和靜都是他的朋友。至少他自己覺得是。

他一定要盡己所能幫助她們，即使他力量微薄，但畢竟他還有神可以依靠！

「神肯定有辦法遏制那個可怕的東西，只怕太遲……」

他越想越急，腳步加劇跑向神殿。

在趕往神殿的路上，天色驟暗下來。夜晚已悄悄降臨。

阿仁來到神殿時，神殿內漆黑一片。

「是停電了嗎？」阿仁摸索著走進神殿。幸好現在雨停了，月光微微探頭出來，阿仁依稀能憑著微亮的月光探得濕漉漉的石道，沿著石道走到了熟悉的內殿。

內殿此時也烏漆墨黑，伸手不見五指。

阿仁嘗試呼喚神明。

「安平！安平！」

神明似乎不在殿裡，阿仁按捺不住焦慮的心，也不管鄧伯會不會聽到，扯開喉嚨叫：「喂！田單，你出來！出事了！田單！田單！」

阿仁喚了好一會兒，神都沒有現身。

「不是說我需要你的時候，召喚你就出現嗎？為什麼不出來！」

神殿好像一個人都不在，到底發生什麼事了？阿仁有些慌亂地踱步，這時卻不意踢到個東西！

阿仁踢了踢那東西，有點軟度，但沒反應。

是什麼生物睡在地上嗎？阿仁暗忖。

他慢慢蹲下，試著用手觸摸該生物，卻摸到了衣服的觸感。

「是人？」阿仁驚忖，靜默地等了一會兒，見那人仍舊沒反應，只好嘗試拉動他那重甸甸的身軀。

外頭有月光，應該看得清是什麼人吧？阿仁心想。

要拉動一個完全不會動的人對阿仁來說委實有點兒難度，最後阿仁索性跪在地上兩手推動「他」。

還未推到內殿門口，阿仁猛然發現推動著的是誰，驚得叫出聲來。

「大……大姐大？」

雖然光線昏暗不明，依稀可看出那是大姐大的輪廓和模樣。

阿仁趕緊用力搖晃大姐大，並叫道：「大姐大！大姐大！」

大姐大仍舊昏睡不醒。

阿仁探探大姐大的鼻息，鬆了口氣。

「看來她暈過去了。怎麼辦？」

阿仁望向內殿的安平神像，喃喃說著：「田單你到底去哪裡了？為什麼大姐大會昏倒在這裡？」

24．所救非人

時間回到昨日夜裡。

殯儀館內，大姐大田文君鬱鬱寡歡地坐在殯儀館靈堂外的椅子上。靈堂內有一位寺廟師父帶領著田家男丁在進行法事。她是死者的孫女兒，因此沒有讓她加入儀式行列。

「呵！」文君歎了口氣。她心理有點兒不服氣，為何女孩子就不能加入他們念誦經文和超度爺爺的儀式呢？女孩子也是田家的人啊！

據老一輩的家族長者說，這是為了避免女子帶給田家不祥，或帶來禍害。哼！老人家就是迷信！文君賭氣地埋怨著，但她也沒有執意參與。她可不想在爺爺的喪禮上和家人起爭執。

爺爺一向和她感情甚好，兩人個性同樣耿直，有話直說，脾氣也很拗。唯她和爺爺並不知道，這樣的脾性乃源自他們的老祖宗田單呐。爺爺有跟她提過，他們家的祖先是個大人物，但沒有細說。文君腦筋也單純，不曾想追根究底，反正都是好久以前的事了。

她今天因為喪假沒有去上學，又沒得參與爺爺的法事，心中委實鬱悶。

「這時候可以吃到黑熊洋果子店的焦糖布丁就好了！」她又歎了口氣。

她最近迷上了那家洋菓子店的布丁和泡芙等甜品，雖然昨天才去買了蛋糕來吃，今天又想念那沁人心甜的味道了。

「反正現在閒著沒事，不如去買個布丁來吃？」文君突然心血來潮，徑直走了出去。她一心想著洋果子店就在隔幾條街，很快就能返回，因此她並沒向任何人報備。

一走出殯儀館，文君就看見門外候車亭內有幾個人站在那兒。

她沒有理會那些人，正要朝右拐彎，卻聽見亭子內有爭執聲。一向好打不平的她忍不住回過頭去，竟讓她看見一個熟悉的身影！

她不假思索地衝向亭子，擋在被兩名男子圍著的少女——靜的跟前。

「誰敢欺負她我就對她不客氣！」文君亮出拳頭兇狠地瞪視眼前兩位衣著邋遢的流浪漢。

流浪漢傻愣在那兒，似乎真怕了她，文君見機不可失，趕緊拉了靜逃逸而去。

她拉著靜跑了幾條街，見沒人追來，這才停下來。

「呵，放心，他們不敢追來的。」大姐大喘著氣一副豪爽的姿態對靜說。

此時的靜雙目炯炯地盯著文君，臉色陰沉。

文君視線對上靜那雙貪婪的眼，感應到一股不對勁兒的氣場，反應一向快過人半拍的她立時拔腿就逃！

早前她見識過靜被蛇靈附身的一面，因此她知道此刻的靜已不是靜，而是極度危險人物！

她邊跑邊思索該逃去哪兒，此時腦海竟劃過威風凜凜的安平神像，於是她轉而朝安平神殿逃去。

她踉蹌逃至神殿，以為能成功撇掉靜，待一回頭卻見靜神速追來。

文君幾乎是連爬帶跳地奔到安平神像前，跪在祂前方祈求道：「神啊神，求求你救救我！求求你！」

文君聽到後方輕微的腳步聲，知道靜追來了，不禁打了個冷顫，唯她不敢轉過頭去，她上半身整個趴到地上，繼續祈求神明：「神啊神！求你快救我！求求你！……」

靜此時望向偌大神像，毫無懼意地狡黠一笑，再瞄向低頭膜拜祈求的大姐大，臉部靜脈曲張浮動著，接著她張開撐得老大的口，往大姐大的肩部咬去……

25・與惡靈對決

阿仁費了九牛二虎之力，終於將大姐大背回家。他本想背她回去殯儀館，但他體力實在負荷不了，只好就近搬回他家。

阿仁的母親見兒子背了個女孩子回家，還是位昏迷的女孩兒，驚訝不已。

「這……她怎麼了？」

母親是見過大姐大的，阿仁好不容易將大姐大平放於沙發上，說：「我同學在神殿昏倒了。」

阿仁沒有多加說明，就急著出門，此時母親喚他：「阿仁！」

阿仁陡地停下腳步。母親好久沒這麼喚他。他折返屋內，吶吶地問：「呃，什麼？」

母親微皺眉頭地望著他，半晌才扭捏地吐出一句：「小心。」

阿仁尷尬地點了點頭，轉身出去。

母親終究還是擔心他的，阿仁眼角不禁濕潤了。

◆

阿仁再次來到神殿時，四周依舊黯黑。

他需要找到田單。他總覺得蹊蹺，田單絕不是言而無信的神。

「田單！田單！你在哪裡？」

空氣中有一絲詭異的氣味。那是種異於神殿淡淡幽香的氣味兒。阿仁隱約聞出血鏽的味道，彷彿這兒是赤裸裸的血腥殺戮現場。

「田單，你不會出事了吧？」

阿仁突然有股不祥預感，驟然，他彷彿「見」到神殿內寺有一縷黑色氣團。

阿仁下意識地眨了眨眼，下一秒，他什麼都看不見了。

阿仁深吸口氣，首次鼓起勇氣走向神殿後方。

那兒是寺廟的住持鄧伯平日作息之處，阿仁雖是神殿常客，卻從未踏入那兒一步。

他一步步走在通往內寺的走道，發現那兒居然有光。借光壯膽，阿仁少了對黑暗的恐懼，腳步也快了。

「這兒挺寬敞的呀。」阿仁看著豁然開朗的內寺，心中頗感訝異。

從內殿至神殿內寺，相隔了條走道，設計卻截然不同。

前方立著神像的內殿四周牆壁砌滿典雅古樸瓷磚，木造大門及連接側院的半圓拱門，建築構造上與頗具歷史的古廟類似，上方有數條粗大橫樑，樑柱也以榫卯方式連接。

神殿內寺設計則與普通民房沒兩樣，簡單的四方瓷磚地、洋灰牆，格局正正方方，左邊有兩個房。

廳堂該有的都有。電視機、沙發、桌子椅子、櫥櫃、一輛老舊腳踏車。再後面一點是開放式的簡陋廚房和浴室，一旁還有個晾衣架掛著晾曬的衣物，只是內寺進口旁多了個供奉白虎神的牌位。

阿仁之所以能如此仔細觀察，皆因四盞壁燈和中央的頂燈都亮著。

「剛才我是不是『看』見了灰黑氣團？」阿仁思忖著，仔細察看廳堂的每個角落。

結果他在白虎神塑像前發現了打翻在地上的香爐。

阿仁過去擺正香爐，納悶誰竟然打翻了具有祭祀功能而神聖的香爐。

就在此時，他瞟見地上遺留著的一灘香灰。香灰濺出的特殊形狀，竟如一張可怕的臉孔，既陰沉又詭異。

阿仁突然有種似曾相識的感覺。他以前是不是見過這可怕的臉孔？

阿仁狐疑著，蹲下仔細端倪那由香灰堆砌而成的可怖形象。

那張臉孔上的鼻子高聳而不自然地隆起，鼻頭尖削，兩眼和顴骨凸起，嘴巴長而薄。活像阿仁看過的恐怖漫畫中所繪的惡鬼。

香灰不可能自然濺出這詭異的圖像。阿仁猜測田單說不定遭遇了某些事。某些他無法想像，甚至可能威脅到田單的事。

「田單，你到底在哪裡？昨天發生了什麼事？是你救了大姐大嗎？」

阿仁懷著各樣揣測，忐忑不安地站起來，突然他感到眼前一陣發黑。是蹲太久產生了暈眩感？

阿仁甩甩頭，想讓自己清醒些，待一定睛，眼前景物已幻化成一座瑰麗的城堡。

阿仁再次甩頭，怕是自己兩眼迷蒙產生幻象，但這幻象如此真實，揮之不去。一切如夢。

「這是哪裡？我不是在神殿後面嗎？怎麼一眨眼就來到這兒？」阿仁大聲地對自己說，彷彿不這麼做他就要永遠迷失在這場夢境中。

周遭一片荒蕪，芒草遍野，蒼涼的大地中央孤獨地矗著一座城堡。之所以稱它為城堡，乃因其建築就像中世紀的布朗城堡，也即是傳說中吸血鬼所住的城堡般華麗陰森、神祕憂鬱。由於自小就看得見異物，阿仁對這些詭異傳說都頗有涉獵，至少在不意碰見時心底能有個譜。

天空灰橘相疊的雲，更突顯這暗夜的詭魅。

阿仁杵在那兒好一會兒，終於鼓起勇氣踏前。

他的腳步有些猶豫。他實在有太多困惑。而孤身來到這詭異夢境般的世界的他，沒有其他選擇，只能往前探索那充滿了各樣不確定的未知。

未知一直都是令阿仁恐懼的，但此刻阿仁隱約感到前方有股呼喚。

「是田單在呼喚我？」

其實阿仁並非實質的聽見聲音。那呼喚有如從某個遙遠的異度空間躍然傳進他的耳蝸深處，震動著他的雙耳，回蕩出既熟悉又迫切的模糊音韻。那一波波焦急的呼喚，倒有點兒像田單的渾厚聲線。

想到很可能是田單在呼喚他，阿仁義無反顧地往前，忘卻了該懼怕的事。

或許忘卻才是我們前進的基礎。

阿仁一步步地漸漸靠近城堡，有好幾次他注視那些緊閉著的窗戶，心想會不會如昨夜夢境般，靜從窗內冒出頭來喚他救她。

他已經做了最壞的打算。

在遇到神之前，他的生命是灰暗的，而遇到神之後，灰暗中顯現了一絲曙光。他覺得自己似乎能抓住一些繼續活下去的理由。

他那與生俱來的特殊眼睛和能耐，有了另一層意義。比如上回釋放了靜家的惡靈。比如驅趕了依附於妹妹身上的蛇靈。他也有股衝動想幫助靜，雖然他曾經很害怕面對靜。不。他並沒有那麼偉大。或許，他最想幫助的，是自己吧。

阿仁想著，繼續踽踽前行。

一路上，他害怕的魑魅魍魎，都沒有出現，他就這麼順利地來到高聳的城堡前方。城堡比他想像的來得高大，像座巨人居住的城。

單單大門就如人類世界的兩層樓那般高。

阿仁試著推推厚重的大門。果然推不動。

他抬高頭，仰望那高得不可企及的牆，繼而感到一陣暈眩，牆不知何時延伸得更高了。

阿仁赫然醒悟到現在所處的世界或許是個幻象，於是他停止觀望，心想：不能讓這些外在事物干擾我。我來這裡，主要是要尋找田單。

混沌的思緒驟然釐清，他心念專注地想著：田單，你在哪裡？請給我指引。

思緒清明的他腦海浮現城堡內的影像。他看清了門內的情況，將大門往左右推開。門果然一推即開。

阿仁踏進城堡，就有一堆模糊不清的東西朝他撲來，阿仁閃避不及，嚇得閉起雙目，但他隨即發現，那些東西都不是實體，而是幻象罷了。

又是幻象？難道這裡的一切都是幻象嗎？阿仁心想，被那些穿過他身體的幻象搞得意識迷亂。

他定下心來，仔細端看這些所謂的幻象。原來這些會飛的東西都像人類的模樣，只是整個身體虛浮在空中。

這些「飛翔物」難道是人類的靈魂？

這時一個男性靈魂穿過他的身體後，朝他觀望了幾秒，再往前飛去。

他們看得見我？阿仁猜測著，隨即肯定了自己的猜測，因為另一名女性幽靈的視線剛好對上了他的視線。阿仁被盯著渾身發毛，趕緊擰過頭不去看她。

女幽靈見阿仁不搭理她，幽幽然飄離。

阿仁看著眼前四處飛蕩的幽靈們，魂魄差點兒脫離身體地閃了一下。

阿仁穩住自己，暗忖：這裡難道是地獄？

緊接著，地獄的形象陡然出現在阿仁身前。剛才的靈體正在經受殘酷的酷刑，比如落入火海、拔除指尖、割舌……

種種不堪入目的酷刑就在阿仁身邊上演，阿仁驚恐不已，趕緊說：通通消失！

說也奇怪，周遭的景象隨著阿仁的說辭，全部消去無影。

回復空溜溜肅殺陰冷的城堡內殿，卻透著一股讓人毛骨悚然的靜謐。

阿仁壓根兒不想在這裡多待一秒，他快步走向雙目所及的前方通道。一走入通道，阿仁馬上後悔了。

這通道像個無止盡的迷宮密道，阿仁走了許久都不見盡頭，只一路隨著走道左拐右彎，喁喁前行。所幸通道無死角，阿仁不須害怕拐個彎出現什麼可怖的怪物。

終於，阿仁看到了門。

他毫不猶豫地推開那厚重的鐵門。即使門內會出現怪物，他寧願選擇面對。他可不想永無止境地被困在密道中。

呀地一響，門半開呈四十五度角的時候，阿仁停住了推搡的動作。

門內是一位他認識的人。不，應該說外表是阿仁認識的人。

那是靜。靜坐在四方房窗口邊的石椅上，窗戶是典雅的木框設計，就像阿仁在夢境中看見的一樣。

呵？難道我夢中所見都是事實？那我是否有著預知能力？抑或這一切從頭到尾都是個荒謬離譜的夢境？

阿仁暗忖，忐忑地走進門內。

靜站了起來迎向阿仁。

「你終於來了。」「你怎麼會來？」「你來做什麼？」「你以為救得了她？」她連串說了好幾句話，語氣明顯不同，神情也陰晴不定，似乎一會兒是靜，一會兒是附著於靜身上的靈體。

「我……請你立刻離開靜。否則……」阿仁猶豫著，不曉得該說什麼。

「啊哈哈！否則怎麼樣？」靜狂妄地大笑。

阿仁感到無地自容。他根本沒辦法救靜，之前他都是靠著神的幫忙，他其實什麼都不會也做不到，只有一雙能「看見」的眼睛而已。

靜見阿仁那窩囊模樣，更囂張地說：「你那位神明朋友，已經被我收服了啊！你怎麼可能有辦法呢？哈哈哈哈！」

「什麼？你把田單怎麼樣了？」阿仁立時氣急敗壞地問道。

「田單？原來你跟祂是熟到能互道名字的朋友啊？」靜頗感興致地瞄向阿仁。

「你到底把祂怎麼樣了？祂可是上天封賜的神，你不要不知好歹、胡作妄為！祂的上頭可不是你能招惹得了的！」

「嘿！祂的上頭是誰？」靜靠向阿仁，問道。

「呃，就是……」阿仁的聲音哽在喉裡，完全答不上來，他其實就只是想唬唬靜，讓她不傷害田單。

「你這臭小孩居然敢虛張聲勢！你以為我不知道田單有多少斤兩？想嚇唬我？門兒都沒有！」

靜說著，後背冒出個龐大的可怕黑影，黑影脫開靜的身體後，靜傻愣在那兒，像座沒有靈魂的雕像般麻木、毫無知覺。這靈體大概比蛇靈能量強大許多，因此離開靜身上後它附著其上散發的力量還干擾著她。

阿仁無暇顧及靜，此刻的他全神貫注盯著眼前那龐大黑影。黑影漂浮於空中，形象漸漸鮮明。

那正是香灰上顯現的惡鬼模樣！

26・惡鬥棘修羅冕王

「果然是你這惡鬼帶走了田單！」阿仁憤憤不已地說。

「哈哈哈，我是惡鬼？你這小子也太小瞧我了。」惡鬼模樣的靈這會兒展現了頗立體的形象，與田單顯現於阿仁面前的立體形象差不多少。

「難道它不是靈？」阿仁思杵著，腦海浮現田單之前說過的話：「那是比蛇靈可怕許多倍的東西。」

「它到底是什麼？」

阿仁無須猜測，那「東西」頗為高傲地自動說明：「我們可是修羅界的佼佼者——棘修羅！而我呢，則是棘修羅冕王，也即是最高能力者！你這小子真是有眼不識泰山。」

「棘修羅？什麼來的？」

「呵，連棘修羅你都不懂，還敢來這裡？」

「我當然不懂。我又不是田單，我只是個人類。」阿仁老實地說。

「人類的肉我一向不愛吃。不過我的屬下倒是相當喜愛。」棘修羅不懷好意地盯著阿仁的軀體，阿仁不禁打了個冷顫。

任誰被這麼陰森銳利的眼神盯視，都會懼怕吧。

阿仁想著該怎麼套這位棘修羅的冕王講出田單被拘禁於何處。照它剛才的講法，它是收服了田單，而不是吃掉或殺死田單，那即是說，田單應該還在這座城堡的某處。

「既然你不吃人類，為何要把靜抓來？」

「靜？哦，這個女孩兒啊，呵呵。」棘修羅冕王瞟了呆立在一側的靜，轉了轉那令人不寒而慄、佔據眼白中央一小點的細小眼珠，說道：「這樣的特殊體質可以幫我們找到許多餵養我們的靈體，我怎麼能不好好把握？」

阿仁感到憤怒不已，靜已經夠可憐了，還要被這幫兇狠的棘修羅附身和利用，可！他不禁青筋爆現，渾身不自覺地顫抖，棘修羅冕王似乎很滿意自己逗得阿仁如此憤怒，兀自大笑起來，它的笑聲如抽蓄斷氣般斷斷續續地，令人毛骨悚然。

阿仁陡地喊道：「哼！我知道你為何要把田單捉來了！你一定是怕他破壞你利用靜的計畫，讓你們無法得到餵養，就這麼餓死在人間！」

棘修羅冕王聽到阿仁把它們棘修羅說得如此不堪，停止了恐怖的笑聲，綠色的眼皮陡然合成一條縫，陰沉地說道：「你居然敢如此小看我們棘修羅？田單那傢伙從以前到現在都不是我的對手！而且我們根本不需要依靠靜也能好好地生存在人間！」

「從以前到現在？你和田單以前就見過？」阿仁感到頗為詫異。

「當然。十幾年前我們交過手，要不是因為你這個小不點兒，他早就是我囊中之物！」

阿仁聽得一頭霧水，跟他有什麼關係呢？不過眼下是套出田單下落的好時機，於是阿仁趕緊道：「嘿，你別自說自話了，田單那麼厲害的將軍，說不定現在已經掙脫你們的牢籠，逃出來了。」

「他？呵！不可能！」棘修羅冕王發狂般嚎叫，震得阿仁退向牆沿，而一旁的靜也反應過來，害怕得蹲在角落裡。

「他被我用三重鎖鏈鎖在我們棘修羅界最嚴密的瞑界樓的最底層，每重鎖還特地加了祕咒，即使神都絕不可能開脫！除非是棘修羅背叛了我！」棘修羅冕王大叫著說。

「瞑界樓在哪裡？我要去救田單！」阿仁脫口而出道。

「哈哈哈，連瞑界樓在哪裡都不知道還想救出田單？你這人類也太會妄想了！啊，我聽說人類最容易得的病就是妄想症，看來是真的啊！哈哈哈哈！」

冕王笑得顛顛巍巍的，全身抖動不已，阿仁皺眉思索，突然有了個想法，說：「我知道！暝界樓就是這裡！」

冕王愣然止住了笑，張口愣在那兒。它確實沒料到阿仁居然曉得他們所在地就是暝界樓。殊不知阿仁是夢裡見過這大樓，並誤打正著猜中的。

氣氛有些微膠著，半晌，冕王回復猙獰的臉，威嚇的姿態說：「知道又如何？諒你這渺小人類也無計可施！」

「誰說我沒辦法？」阿仁昂頭皺眉，不服輸地說。

經阿仁這麼一說，冕王赫然記起往日的情景，那是個詭異的畫面。那時候的田單原本已在冕王的股掌之間，卻在小男孩的陪伴下迸發出強大光輝，小男孩身後還伴隨著某個長著巨大羽翼、複眼狀臉孔的奇怪光影。冕王沒見過這奇怪的「東西」，但它隱約知道那是某個它不知曉的厲害角色。

雖然事過多年，冕王對那時候的景象仍然歷歷在目。他心有餘悸地瞪著阿仁，一面往田單被關押的方向望去，生怕田單真被阿仁救了去。

阿仁探得田單就在冕王眼神望去的方位，一個箭步衝向那出口！

冕王想不到阿仁居然如此機靈，生怕田單真的被阿仁找著，它「呼」地一響發狂般追向阿仁！

阿仁感受到背後有股厚重而壓抑的黑氣團漸漸包圍過來，但他的腳程實在無法再加快了，只能竭盡力氣往前跑去。

這瞑界樓各層樓都有幾個走道通往底層，且走道間都相互連結，簡直是個大迷宮，阿仁左拐右彎地胡亂選擇走道往下奔去，冕王一時捉摸不透阿仁的逃跑路線，有時候會撲了個空再倒回頭追向阿仁。因此阿仁暫時還算安全，不至於被冕王巨大的魔爪擒個正著，偶爾還能拉開與冕王之間的距離。

突然，阿仁清楚地感應到田單的呼叫。田單說：「你需要我的時候，只要靜下心來誠心默念，我就會來到你身邊！」

阿仁很想照著田單的指示去做，但他現在逃命都來不及，怎可能靜下心來默念？

「你需要我的時候，我一定會出現。」田單又傳來訊息，語氣出乎意外的祥和平靜。

「這個田單，我都快被冕王吃掉了，祂居然還那麼鎮定……」阿仁費力地逃跑，不禁抱怨起田單。

瞑界樓的樓層比阿仁所想的多，最後阿仁跑得筋疲力盡，感覺雙腿已不屬於他的。

阿仁忍不住臆想自己化身成動畫裡頭的主角，比如最近看的《特殊能力使用者》安倍靈，就是在危急狀態下能行使特殊能力者，能讓肌肉的力量迸發至最頂點，飛一般衝上天去……但這一切都只能是幻想。

阿仁畢竟只是個微小的普通人類，不是動畫中的人物，更不是安倍靈，沒有特殊的能耐和體力啊。

背後冕王的黑影越來越趨近阿仁，似乎隨時將他吞噬……

阿仁終於不支倒地。

冕王的黯黑魔影漸漸包圍了阿仁……

此刻的阿仁放棄了逃生的念頭，內心卻如鏡子般清澄明淨。他閉上眼，誠心默念：安平將軍，請你救我。

冕王張開偌大的烏黑大口，憤怒地就要將阿仁一口吞下！時一道金光乍現……霎時間，冕王張大的嘴消融了一角，冕王驚愕地倒抽口氣立刻闔起了嘴。

田單不知何時附於阿仁身上，此刻能見到阿仁的軀體內顯現了田單威武高大的身影。

阿仁此時並非完全無所感知，他微微感受到有股熱流在體內流竄，好像全身充滿了力量，唯一切出乎他意料之外，他不知道該怎麼反應，只覺得很安心，靜靜地伴隨著田單。

這一人一神合在一塊兒，硬是將冕王逼退了好幾步。

「你真的是田單？你怎麼可能出得來？」冕王不能相信眼前看到的事實，急忙問道。

「我當然是。你不知道的事還很多。」田單意味深長地瞄一眼所附身的阿仁，再轉向冕王，道：「你實在卑鄙，當年利用我的慈悲心偷襲我，這一次也如此。如若不是為了搭救那位女孩，我必不會被你的三重鏈鎖困住。」

「哈哈哈！只能說你太愚蠢！太愚昧！人類有什麼好憐憫的？」冕王笑得臉部扭曲。

「呵，我們已經饒恕過你一次，這次絕對不能輕易放過你……」

田單說著，向前移動，阿仁此時感受到全身一股熱流在體內流竄，也跟著往前邁步。

冕王渾身戰慄，卻又不肯就此認輸離去，它堅信自己的功力遠在田單之上，於是冕王開始發功，並召喚了所有棘修羅的到來。

棘修羅們長得和冕王相象，形體卻比冕王瘦小許多。

這些小嘍嘍當然都不是田單的對手，田單一個揮手，彈指間就將所有棘修羅們摔得東歪西倒。

阿仁雖然被田單附著其上，但仍有自己的意識。對於眼前的事他只覺得看電影般兒戲，毫無真實感，就像使了些電影特效，全部的棘修羅就這麼輕易地被轟開去。

「原來棘修羅也不是什麼厲害角色嘛。」阿仁不禁想。殊不知棘修羅對於人類來說，可是比猛獸強大百倍千倍的存在。它既能變大縮小，還能任意穿梭於各個空間，讓人無法捉摸。

唯這世界還有神的存在。如若棘修羅在人間胡作非為，神自然是要對付它們的。

此時，冕王臉色一陣慘白。他想不到田單的功力跟他一樣隨著歲月也躍進了許多。

「哼！我就不信我這幾年的修行會比你差！」冕王說著，吐出夢魘般迷惑人心的囈語，整個空間似乎都扭曲旋轉了！

魘音穿透進阿仁耳內，令阿仁頭顱鼓脹暈眩，似要炸裂開來。

這是冕王最厲害的招數，此前田單也因這魘音暈眩過去而被吸引進異度空間，但如今形勢不同了。田單有阿仁的陪伴，不可同日而語。

田單捏起指尖，將意念集中在某個點，那個點隨即迅速擴大，如浪潮突襲包圍了冕王。

冕王被包圍在浪潮般的波紋中，逐漸壓縮變小，最後消弭不見。

阿仁瞬間清醒了，但一時竟無法從適才的驚愕景象反應過來。一切發生得太快，如夢似幻。

待他正要問田單，田單卻一把將阿仁的身子拉拔上來，其實並非有任何拉扯動作，而是自然地隨著田單的形影升起。下一秒，他們已回到安平神廟的大殿。

田單立即脫開於阿仁的身體，漂浮於半空看著阿仁。

「呵？為什麼我們回到了神殿？」阿仁驚慌地問說。

「之前我被棘修羅冕王施行的蠱惑術困住了，才會被它帶去棘修羅界而回不來，其實換在平時，我是可以在各個空間來去自如的。」田單娓娓向阿仁解釋道。

阿仁呆呆地望著田單，仿如隔世，一向將感覺壓抑隱藏的他內心有種奇妙的騷動，淚水突然在眼眶裡打轉。

「呃，怎麼了？」田單抓了抓頭說。祂性子粗獷，對於這樣的景況實在束手無策。

「剛剛……」阿仁忍住眼淚，說：「我……真的以為自己沒命了。」

「我不是說了嗎？你最需要我的時候，我一定會出現。」大漢子田單不好意思地低下頭。

「需要你的時候？哦，原來我之前召喚你都沒有出現，是因為我還不是最需要你的時候？」

田單微微點頭，歎口氣道：「你終於明白了。呼！」

「那你為什麼不說清楚？誰會明白啊！」阿仁不禁生田單的氣。

「很多事必須靠你自己領悟。我已經對你說了太多。」田單回說。

「領悟？為什麼要我自己領悟？」

「這個嘛，遲一些你就會知道。」

「呵，這麼神祕？」阿仁感到好奇。

「當然。這些事可不能隨意透露，你身邊有什麼東西在，你根本不知道。」

「嗯？我身邊會有什麼東西？」阿仁追問道。

「唉，比如這次的棘修羅冕王，如果讓他知道你的事，它一定會先解決掉你。」

到底是什麼事會令冕王想解決他？阿仁越發好奇，田單為何如此神祕兮兮？

「呃，那個冕王……它……消失了？」阿仁吶吶地吐出，他對於方才瞬間發生的事，依然覺得很不真實。

「對。」

阿仁傻瞪眼，問道：「我？」

田單冉著下巴短短的鬍子，點頭說：「嗯。因為你的關係。」

阿仁確實不明白，但記憶深處似乎有個模糊的影相慢慢顯影。

田單靜默了數秒，饒有深意地盯著阿仁。阿仁被盯著心虛，低下頭來。

「你真的不記得？」田單問。

阿仁搖搖頭，放空自己的腦袋。或許他是抗拒回想。

「你閉上眼試試。」田單指示著說。

「為什麼要閉眼睛？你要對我做什麼？」

「嗯……用人類的說法，跟催眠差不多一樣。我會引導你進入你的深層意識，喚醒你某部分的記憶。」

「要照田單的話做嗎？」阿仁思忖。他看進田單憨厚的眼神，感受到一股暖流。該來的總會來，或許是時候面對不想面對的過去。阿仁遲疑半晌，隨即坦然地閉起眼睛。

闔上眼後，阿仁雖然看不見實質的東西，黑乎乎的眼前卻慢慢地發出微光。那光越來越亮，不久即亮得晃眼。

阿仁沒有睜開眼，他意識逐漸模糊，身畔似有股暖流通過，舒適而溫暖。

後來，他看見一些畫面。

那個人，是他自己，不過不是現在的他。那時候的他，個子矮小，皮膚黝黑，留著略長而不平整的頭髮，稍不留意會誤以為他是女孩兒。

他躲在神台底下，邊吃著美味的香草芒果奶油泡芙，邊把玩著紙娃娃，一人分飾幾角地在對話著。

阿仁意識跳出來，想：「原來我那時候那麼喜歡去這神廟，是因為有誘惑我的美味泡芙啊！」

他繼續眯著眼，看那記憶中的畫面。

一道巨響砰然而至。小時候的他愣在那兒，眼睜睜望著眼前發生的怪事。

向來令阿仁崇敬而感覺親切的田單神像突然蹦出個與祂一模一樣的影像，浮現於半空。那影像應該就是所謂的神的真身。而祂面對的，是更大更威武可怖的東西——棘修羅冕王。

田單正要對挑釁祂的棘修羅冕王反擊，卻動彈不得，尷尬地立於空中。

記憶瞬間快轉。阿仁都記起來了。

之後發生的事，阿仁確實不明白，但他終於看清自己身畔的「東西」。

那一次，冕王來擾亂人間，守護這方土地而在此前屢次壞它好事的田單首當其衝，被冕王視為眼中釘，必須競速除去。

冕王利用附著其上的人類，趁著田單流露出慈悲心之際，出其不意地使出擅長的詭魅靡音術，田單在傾聽人類訴苦的當兒，一個措手不及，被冕王的靡音術控制了意識，迅速被吸引進冕王所操控的異度空間，可就在這當兒，田單向年幼的阿仁發出了求助的意念。

田單因此而回到人間。而阿仁身畔那發出金光的模糊影像陡然衝向冕王，以迅雷不及掩耳的姿態將冕王震落地面，與此同時，冕王的身影也隨之變得奇小無比。

田單恢復意識，準備趁勝追擊收伏冕王時，那發光的影像趨近田單，似乎和田單做了些交流。

冕王趁機隱去。田單沒有追過去，他轉向阿仁。不，確切地說，是面向阿仁身畔的發光體。

田單向發光體致謝。

「那個亮亮的東西是什麼？」阿仁從意識深處醒覺過來，問道。

「那個……就是你很多世以前修行得道的樣子。在我還是田單將軍時，你幫過我。我等於是你的侍神。」

「侍神？那是什麼？」

「侍神就是侍奉於某個得道者的神。」

「你是侍奉我的神？我是得道者？」阿仁不可置信地提問，聲音都變了頻率。

「當然那是很多世以前的事。由於某種原因，你再次降身為人，不過那個得道者還在某個特殊的空間，和你是同一個人。」

阿仁張大著嘴，驚愕不已。這個事實給他的衝擊，不亞於被母親拋棄。

「那個得道者……到底是什麼？」阿仁戰戰兢兢地問，緊張得揉搓雙手。

「是……×××××。」田單說。

「呵？是什麼？」阿仁完全聽不懂田單在胡謅什麼。那聲音像從遙遠的地方被壓縮後再傳導過來一樣。

「呃……是身處於某一層天的覺者。」最後田單說。

阿仁實在無法理解所謂的某一層天到底是哪裡？而那個和他是同一人的得道覺者又為何隱藏在那裡？

雖然阿仁滿頭疑惑，但他反而為此鬆一口氣。他沒有繼續追問田單。那是一個他現在完全無法想像和理解的存在。即使田單跟他說在哪一層天，他也同樣一頭霧水吧？

空氣中彌漫著異樣的光斑。是天窗灑進來的光點。天亮了。

阿仁站在神廟後殿大廳，與田單對視著，心中沒有了疑惑，只有滿滿的充實感。

他好久沒有這麼真實的存在感了。

他第一次感覺到，他的存在，是美好的。

27 · 萬中挑一的孩子

阿仁回到家時，父母和妹妹阿寧都出門去了。客廳沙發上躺著昏睡不醒的大姐大。大姐大的手腳伸出沙發外，呈一副完全鬆懈的狀態。

這大姐大果真是大剌剌的女漢子，連睡姿都這麼不拘小節。

阿仁走到大姐大身邊，用力搖晃那只落在沙發外的手。

大姐大睡得很「死」，十分鐘後，大姐大終於被阿仁的重低音頻率喚醒。她第一個反應當然是敲打阿仁的頭，在大姐大連環暴打下，阿仁忙喊出靜的名字方才令大姐大住了手。

「靜怎麼樣了？」大姐大緊張地問道。

「她沒事，現在在神殿。你跟我一起去把她帶回家吧。」

大姐大一聽說靜沒事馬上跳起來，以衝鋒炮的姿態拖著阿仁奔向神殿。

抵達神殿後，兩人在田單神像的身側發現靜昏睡在那兒。大姐大一個箭步去把靜托起來背在身上，阿仁完全無用武之地，只好傻愣愣地跟在大姐大身後，陪同他們返回靜的家。

靜的外公外婆把靜接回家後，對阿仁和大姐大感謝不已，硬是將兩人留下，請他們吃了頓豐盛晚餐。外公外婆都識相地沒有過問靜這段時間去了哪兒。

由於被棘修羅冕王附身，靜的身子非常虛弱，需要靜養一段時間。

大姐大自告奮勇每天給靜帶去補身子的食物，比如烏雞湯、薑棗湯等，又拉著靜一大早去校園週邊的後山健行，讓她吸取晨曦的陽氣。

更令阿仁大跌眼鏡的是，大姐大居然親自學做蛋糕給他吃！

穿上圍裙細心做蛋糕的大姐大與平日裡那霸道威武形象過於不搭，阿仁實在無法接受，但囿於香噴噴的新鮮出爐美味蛋糕和她軟硬兼併的威逼，阿仁只好死心塌地地受制於大姐大，陪同他們一起走山。

阿仁已經許久沒有到後山行走，在陪同大姐大和靜走山的日子裡，他於途中再次看見那些久違的「靈物」。也許是被田單「催眠」的後遺症，阿仁現在的眼力比之小時候有過之而無不及。現在的他不只看見各樣靈物，還能聽見它們的對話，令他煩不勝煩。唯他必須裝傻到底，扮聽不見，他可不想惹禍上身。

雖然如此，阿仁依舊無法躲避命運的安排，某次他在山裡頭，居然撞見某種罕見的靈物，還跟它發生了一段匪夷所思的經歷。這是後話了。

◆

母親和阿仁的關係冷淡如昔，唯一讓阿仁欣喜的，是冰箱內布丁換成黑熊洋菓子店的美味泡芙，而且泡芙出現的頻率增加了。以往大約是一個月出現一次，現在則一星期就出現一次。這也算是一種進步吧。阿仁欣慰地想。

至於田單，祂依舊無所事事、懶洋洋地窩在安平神殿混日子，但較之以前，神殿多了些人氣。除了阿仁，時常來神殿的，還有靜和大姐大。三人常結伴在神殿后方做功課、談天說地。

田單聊勝於無，時常在三人聊天時竊聽他們的對話，並偶爾插嘴給意見，雖然阿仁大多時候都不理會祂的意見。

祂對於阿仁這樣一個內向懵懂、性格彆扭的男孩的將來是樂觀其成的。雖然祂一開始對他抱持著許多疑問與不信任。

看著與大姐大和靜鬥嘴的平凡阿仁，田單不禁回想起戰勝棘修羅的那一晚。

當時，阿仁追問田單身畔的發光體是什麼，祂遲疑了好一會兒才回答他。

阿仁當然聽不懂祂的話，因為那是另一層空間的語言，頻率和發音都不是這個空間的人所能領會。

雖然聽不懂，阿仁不感到訝異，也沒有追問，他那時候只關心他的朋友靜，急急跑去內殿查看靜的狀況。

他的坦然態度令田單和那特殊的發光體大感欣慰。

「想不到他完全不在意他從前是什麼。」發光體說。

「正因為這樣，你才選擇了他，不是嗎？」田單說。

「無為而為，是修行必備。他，就交給你了。」發光體說完，隱去自身。

此時阿仁走回神殿後方，焦急地問田單：「靜昏倒在神像旁邊了！她會不會有事？」

田單看著焦急關心朋友的阿仁，展露一個慧心的微笑。

以後會怎麼樣田單不敢肯定，但祂會一直陪伴在阿仁這孩子身邊，守護著萬中挑一的他。

（完）

少年文學47　PG1956

與神一起的孩子

作者／蘇飛
責任編輯／陳慈蓉
圖文排版／周好靜
封面設計／楊廣榕
出版策劃／秀威少年
製作發行／秀威資訊科技股份有限公司
114 台北市內湖區瑞光路76巷65號1樓
電話：+886-2-2796-3638
傳真：+886-2-2796-1377
服務信箱：service@showwe.com.tw
http://www.showwe.com.tw

郵政劃撥／19563868
戶名：秀威資訊科技股份有限公司
展售門市／國家書店【松江門市】
104 台北市中山區松江路209號1樓
電話：+886-2-2518-0207
傳真：+886-2-2518-0778

網路訂購／秀威網路書店：https://store.showwe.tw
國家網路書店：https://www.govbooks.com.tw
法律顧問／毛國樑　律師

總經銷／聯寶國際文化事業有限公司
221新北市汐止區康寧街169巷27號8樓
電話：+886-2-2695-4083
傳真：+886-2-2695-4087

出版日期／2018年7月　BOD一版　**定價**／270元
ISBN／978-986-5731-87-8

秀威少年
SHOWWE YOUNG

國家圖書館出版品預行編目

與神一起的孩子 / 蘇飛著. -- 一版. -- 臺北市 : 秀威少年, 2018.07

面； 公分. -- (少年文學 ; 47)

BOD版

ISBN 978-986-5731-87-8(平裝)

859.6 107007247

讀者回函卡

感謝您購買本書，為提升服務品質，請填妥以下資料，將讀者回函卡直接寄回或傳真本公司，收到您的寶貴意見後，我們會收藏記錄及檢討，謝謝！

如您需要了解本公司最新出版書目、購書優惠或企劃活動，歡迎您上網查詢或下載相關資料：http:// www.showwe.com.tw

您購買的書名：________________________________

出生日期：________年________月________日

學歷：□高中（含）以下　□大專　□研究所（含）以上

職業：□製造業　□金融業　□資訊業　□軍警　□傳播業　□自由業

□服務業　□公務員　□教職　□學生　□家管　□其它______

購書地點：□網路書店　□實體書店　□書展　□郵購　□贈閱　□其他

您從何得知本書的消息？

□網路書店　□實體書店　□網路搜尋　□電子報　□書訊　□雜誌

□傳播媒體　□親友推薦　□網站推薦　□部落格　□其他__________

您對本書的評價：（請填代號　1.非常滿意　2.滿意　3.尚可　4.再改進）

封面設計____　版面編排____　內容____　文／譯筆____　價格____

讀完書後您覺得：

□很有收穫　□有收穫　□收穫不多　□沒收穫

對我們的建議：________________________________

____

____

____

請貼
郵票

11466
台北市內湖區瑞光路 76 巷 65 號 1 樓
秀威資訊科技股份有限公司 收
BOD 數位出版事業部

（請沿線對折寄回，謝謝！）

姓　名：________________　年齡：________　性別：□女　□男

郵遞區號：□□□□□

地　址：________________________________

聯絡電話：（日）________________（夜）________________

E-mail：________________________________